Cătălin Partenie

Die Goldene Höhle

Roman

Aus dem Englischen
von Eike Schönfeld

Hoffmann und Campe

Der Roman wurde von Cătălin Partenie zunächst in englischer Sprache unter dem Titel *The Golden Burrow* verfasst und anschließend von ihm selbst ins Rumänische übersetzt. Er erschien erstmals unter dem Titel *Vizuina de Aur* im Jahr 2020 bei Polirom, Bukarest, Rumänien. Für die vorliegende Übersetzung hat der Autor die englische Fassung leicht überarbeitet.

1. Auflage 2023

www.hoffmann-und-campe.de
Umschlaggestaltung: © KUZIN & KOLLING,
Büro für Gestaltung, Hamburg
Umschlagabbildung: Book cover art, original painting by
Jeffrey W. Walling © Jeffrey W. Walling, WilderAnn
Satz: Pinkuin Satz und Datentechnik, Berlin
Gesetzt aus der Adobe Garamond Pro und der Krungthep
Druck und Bindung: GGP Media GmbH, Pößneck
Printed in Germany
ISBN 978-3-455-01546-1

HOFFMANN
UND CAMPE

Ein Unternehmen der
GANSKE VERLAGSGRUPPE

Für meinen Vater, Ştefan Partenie

Inhaltsverzeichnis

Die Knospen

1

Paul war mein bester Freund. Ich weiß nicht, wer ihn erschossen hat. Das habe ich Dir ja schon am Telefon gesagt. Ich weiß bloß, dass er vor dem Muzica erschossen wurde. Ein Bild habe ich nicht von ihm. Und auch keinerlei Aufnahmen davon, was wir gespielt haben.

Mama hat gesagt, ich soll Dir nichts verschweigen. Also mache ich es auch nicht.

Kennengelernt habe ich ihn im September 1988. Da war ich in meinem ersten Jahr an der Oberschule. Einmal habe ich die letzten zwei Stunden geschwänzt und bin ins Verlies. Das Verlies war ein feuchter, fensterloser Raum im Keller eines Jugendzentrums. Es war der Übungsraum einer Rockband, Die Knospen. Statt einer Tür waren da zwei schmiedeeiserne Tore, die sie mit einer

Kette und einem eisernen Vorhängeschloss abschlossen. Die Knospen waren vier dürre Jungs mit kurzen Haaren. Damals waren wir ja alle dürr. Ich hatte sie im Jugendzentrum getroffen, nach ihrem ersten Gig, der, soweit ich weiß, auch ihr letzter war; sie waren die letzte Nummer einer abendlichen Kulturveranstaltung für Oberschüler. Sie waren älter als ich, gingen aber noch zur Schule. Gitarre, Bass, Orgel und Gesang. Eigentlich hatte ich sie an dem Tag gar nicht dort erwartet, doch als ich ins Verlies kam, standen die Tore offen.

»Hey, Fane, schön, dass du gekommen bist«, sagte Virgil. Er war der Frontmann.

Fane ist kurz für Ştefan. So hat man mich immer genannt. Wahrscheinlich würdest Du das »fein« aussprechen, aber das stimmt nicht. Es sind zwei Silben, die Betonung auf der ersten: Denk bei »Fa-« an Do-re-mi-fa und bei »-ne« an Nebraska.

»Wir nehmen bald zwei Songs im Sender auf, in einem echten Studio«, sagte Virgil. »Da bräuchten wir Hilfe. Interessiert?«

»Na klar«, sagte ich und bemühte mich um eine gleichgültige Miene.

»Hey, ich hab's gewusst, dass wir auf dich zählen können. Super. Aber eins nach dem anderen. Bringen wir erst mal unsere Ausrüstung in den Flur. Aber nicht das Schlagzeug.«

Er sagte »Ausrüstung«, als wöge sie zwei Tonnen.

»Das Schlagzeug nicht?«

»Sag ich dir später. Gehn wir.«

Virgil hatte eine Jolana, eine weiße Gitarre aus der Tschechoslowakei. Toni, der Bassist, hatte einen rumänischen Bass, schwarz mit einem weißen Pickguard, Florian, der Keyboarder, eine kleine Orgel, eine Vermona. Das Schlagzeug war sehr alt, es hatte nur ein Becken und kein Standtom; keiner wusste, was das für eine Marke war. Der Drummer hieß Eugen. Sie hatten bloß einen Verstärker, einen Vermona, und ein großes Gehäuse Marke Eigenbau, mit nur einem Lautsprecher drin. Vermona war ein DDR-Produkt. Verstärker und Gehäuse gehörten Virgil.

Florian hatte seine Orgel mit einer gefransten Wolldecke abgedeckt; er hatte keinen Kasten dafür. Sie hatten für gar nichts einen Kasten. Das alles trugen wir in den Flur, dann rief Virgil ein Taxi. Verstärker, Gehäuse und die Kabel kamen in den Kofferraum, Orgel, Gitarre und Bass auf den Rücksitz. Virgil fuhr mit dem Taxi, Toni, Florian und ich nahmen den Trolleybus.

»Wo ist Eugen?«, fragte ich.

»Eugen ist gerade weg vom Verlies«, sagte Florian.

»Er ist aus der Band ausgestiegen?«

»Nein, wir haben ihn rausgeschmissen. Eigentlich Virgil. Kurz und knapp: Virgil kennt einen Tontechniker beim Funk, dem hat er eine Stange Marlboro gegeben, die wir einem bulgarischen Fernfahrer abgekauft haben, und dafür hat der Techniker uns für heute zwei Stunden im Studio für zwei Songs reserviert – Virgils Eigenkompositionen. Und vor drei Tagen hat uns Eugen gesagt, dass er da nicht kann, weil seine neue Freundin ihn in ein Landhaus eingeladen hat. Ralu, so nennt er sie. Das sag ich dir, ein echter Drummer opfert die Musik niemals für ein Mädchen.«

»Und was macht ihr jetzt?«

»Als Eugen uns gesagt hat, er kommt nicht, hat Virgil den Techniker angerufen, dass unser Drummer einen Autounfall hatte. ›Nichts Ernstes, bloß ein paar Kratzer, aber ihm ist immer noch ein bisschen schwummrig, kannst du uns vielleicht umbuchen?‹ Der Techniker sagte, das kann er nicht. Er hat gesagt, das Studio ist auf Monate ausgebucht. ›Auch gut‹, hat Virgil gesagt, ›wir kommen wie abgemacht, bis dahin ist unser Drummer bestimmt wieder okay.‹ Ich hatte Virgil gesagt, er soll ihm zwei Stangen geben, aber Virgil hat gemeint, eine reicht. Hätten wir ihm zwei gegeben, dann hätte er uns bestimmt umgebucht.«

»Und nun? Spielt ihr jetzt ohne Drummer?«

»Ein Wunder, Fane. Nie die Hoffnung aufgeben! Nach zwanzig Telefonaten hat uns der Freund eines Freundes mit einem Drummer kurzgeschlossen, der hat gesagt – gestern! –, er rettet uns den Arsch. Er hat ein eigenes Schlagzeug, und er kommt – jetzt! – zum Sender. Er kennt unsere Songs nicht, und wir wissen nicht, ob er gut ist. Und wenn er nichts taugt? Aber unser Virgil da, der lässt ja nicht mit sich reden. Jedenfalls ist der Drummer, gut oder schlecht, bereit, uns zu helfen. Wie viele Drummer würden das wohl machen, hm? Und natürlich gratis.«

»Was meinst du mit gratis?«

»Damit meine ich, dass wir kein Geld dafür kriegen.«

Als wir am Hintereingang des Funkhauses waren, wo das Personal und die Gäste reingehen, sahen wir einen Typen bei einem gelben Škoda 100 stehen, auf dessen Dachträger eine Basstrommel festgebunden war. Eine große blaue Basstrommel, mit Stricken festgezurrt.

»Das muss er sein«, sagte Florian.

Längere schwarze Haare, Mittelscheitel, lebhafte Augen. Das war Paul.

2

Der Vermona-Verstärker hatte vier Eingänge, und Virgil schloss alles an: seine Gitarre, den Bass und die Orgel. Der Techniker stellte ein Mikro vors Gehäuse, ging dann mit Virgil in eine Ecke und stellte ihn vor ein weiteres Mikro; Virgil sang. Dann sagte er zu Paul, er soll sein Schlagzeug in der entgegengesetzten Ecke aufbauen. Paul hatte ein Trowa-Set, ebenfalls eine DDR-Marke. Ein Tom, zwei Becken, Basstrommel, ein großes Standtom – ein echtes Schlagzeug! Es war in glitzerndem Blau gehalten. Als Paul so weit war, stellte der Techniker ein Mikro vor die Basstrommel und eins zwischen Snare und Hi-Hat. Dann ging er in den Regieraum, und ich durfte mit, was echt nett von ihm war, also, einen Roadie in den Regieraum einzuladen. Nett sah er eher nicht aus, aber nur, weil man seine Augen nicht sah, denn die versteckte er hinter einer grünlichen Brille, deren Gläser offenbar aus einer Siphonflasche waren.

Der Regieraum war kleiner, als ich dachte, dagegen war die Wand, die ihn vom Aufnahmeraum trennte, ziemlich groß, auch das Fenster darin war groß. Ein Mischpult mit jeder Menge vu-Metern, ein riesiges Spulentonband, ein paar Stühle. An der hinteren Wand waren Kleiderhaken, an denen ein paar Wollschals unterschiedlicher Länge und Farbe hingen. Neben dem Mischpult saß eine Frau mit langen weißen Haaren auf einem Hocker, sie strickte einen weißen Schal.

»Okay«, sagte der Techniker ins Mikro. »Jetzt mal ein Soundcheck. Stimme. Sag was. Sag one-two. Gut. Meistens nehmen wir die Stimme getrennt auf, nach den Instrumenten. Aber du bist gut, also machen wir alles auf einmal. Also. Orgel. Gut. Bass. Gut. Gitarre. Gut. Schlagzeug: Mach mal die Bassdrum. Gut. Die Hi-Hat. Gut. Jetzt die Snare. Einzelschläge. Stopp. Noch mal. Stopp. Verdammt.« An die alte Dame gewandt sagte er: »Georgiana, bitte den grünen.« Ganz langsam erhob sie sich von ihrem Hocker, ging zu den Haken, nahm einen grünen Schal und reichte ihn dem Techniker.

Mit dem Schal ging er in den Aufnahmeraum und schlang ihn um das Trommelfell von Pauls Snare, als wollte er es vor Kälte oder Zug schützen.

»Verzerrte Gitarren sind okay«, sagte er zu mir, als er wieder im Kontrollraum war, aber die Snare sollte gedämpft klingen.« Gab's für Snaredrums eine Parteidirektive? Ich fragte nicht.

»Noch mal die Snare. Einzelschläge. Schon besser. Gut.« Dann öffnete Virgil die Tür zum Kontrollraum und sagte zu dem Techniker: »Eins noch. Unser Drummer, der ist wieder fit. War bloß ein Kratzer, an der Schulter, sieht man gar nicht, außer er zieht das Hemd aus. Er ist ein guter Drummer, im Ernst, aber könnten wir die beiden Songs erst mal ohne ihn spielen, also, bloß einmal? Ich sag ja nicht, dass er Gedächtnisschwund hat oder so, aber könnten wir sie einmal ohne ihn spielen?«

Das war eine merkwürdige Bitte, aber natürlich Virgils Strategie, dass Paul die Songs hörte, bevor er sie mit der übrigen Band spielte.

»Okay«, sagte der Techniker, »aber nur einmal, wir haben nicht viel Zeit.« Wie gesagt, er war ein Netter. Virgil ging ins Studio zurück, dann sagte der Techniker: »Jetzt Achtung. Der erste. Ohne Schlagzeug. Los!«

Beim Aufwachen heut Morgen
hab ich meine Gitarre gehört,
und meine Gitarre hat mir gesagt:
Reise, so viel du kannst.
Und genau das hab ich jetzt vor.

Es war ein schneller Rocksong mit hübschen Akkorden, und Virgils Gesang war auch nicht schlecht; sie hatten ihn auf ihrem Gig gespielt.

»Stopp«, sagte der Techniker. »Stopp. Ich weiß nicht recht.«

»Wie meinst du das?«, fragte Virgil. Sie kommunizierten über Mikros und Lautsprecher.

»Ach, ich weiß nicht. Reise, so viel du kannst? Warum

denn? Gefällt's dir hier nicht? Diesen Text genehmigen die nie und nimmer.«

»Ich weiß, dass Texte genehmigt werden müssen«, sagte Virgil, »aber der hier ist doch echt albern. Der ist von mir.«

»Für *dich* ist er vielleicht albern. Hör mal, das hat gar keinen Sinn, das aufzunehmen. Das habe ich jetzt entschieden. Hey, war 'n Scherz. Jetzt mal der zweite. Ohne Schlagzeug? Okay. Jetzt Achtung. Los!«

Der jetzt war eine langsame, beknackte Ballade – eine der schlimmsten, die ich je gehört hatte; ich glaube, die hatten sie bei ihrem Gig nicht gespielt, das wüsste ich noch. Der Chor war unerträglich:

Es schneit, schneit, schneit auf die Leute.
Leute, Leute,
seid immer nett.
Singt, singt, dann kommen Blumen und Vögel.

Ich dachte, der Techniker würde sagen: »Stopp, stopp, das geht auch nicht, so einen Mist würden die nie senden«, doch er sagte: »Das kommt schon besser.« Er schob ein paar Regler auf seinem Mischpult, dann sagte er: »Okay, das machen wir jetzt. Alle Instrumente und Gesang. Konzentration, wir nehmen auf. Action!«

Ich weiß nicht, wie ich das sagen soll. Mit dem Schlagzeug war es ein anderer Song. Paul machte einen Reggae-Beat, was alle überraschte, und das änderte alles. Jetzt war es keine beknackte Ballade mehr, jetzt war es ein durchgeknallter Reggae mit ironischem Text. Es schneit auf uns herab, auf die Leute, und es ist kalt, verdammt, und wenn wir nach Hause kommen, müssen wir den Mantel anlassen, weil es dort keine Heizung gibt, aber was können wir schon tun, vor der Parteizentrale demonstrieren? Nein, wir können nur singen, und wenn wir singen, erscheinen in unseren Wohnungen Blumen und Vögel. Virgil und die anderen kriegten die Augen nicht von Paul – Reggae? –, und Paul verzog keine Miene. Aber das war nicht alles. Seine Snare, die ja mit dem Wollschal umwickelt war, klang nun laut und hell, weil er Rimshots spielte, sowohl auf das Fell der Snare wie auch auf den Rand schlug. Ich dachte schon, der Techniker bittet Georgiana um einen zweiten Schal, aber nein.

3

Sie machten zwei Takes, das war's dann schon. Der Techniker versicherte ihnen, es sei alles gut geworden, und scheuchte sie aus dem Studio, obwohl er offiziell zwei Stunden für sie reserviert hatte. Wir räumten alles nach draußen in einen Flur und von dort auf einen kleinen Parkplatz in der Nähe. Als dann alles beisammen war, fragte Virgil Paul, ob er bei ihrer Band mitmachen wolle. Paul dankte ihm und sagte, er sei zwar momentan in keiner Band, suche aber auch keine, da er andere Pläne habe, aber Virgil drängte weiter.

»Wir haben einen kostenfreien Proberaum, groß, hell,

und unser letzter Gig war der Hammer, am Schluss haben wir ein psychedelisches Stück gespielt. Aber nicht bis zum Ende, weil der Leiter des Jugendzentrums uns den Stecker gezogen hat, aber so ist es eben. Bist du gut, ziehen sie dir den Stecker.«

Das stimmte. Sie beendeten ihren Gig mit einem Instrumentalstück, das immerzu weiterlief, dann zog jemand den Stecker ihres Verstärkers, wer das war, keine Ahnung. Inzwischen war Paul mit seinem Škoda auf den Parkplatz gefahren und lud sein Schlagzeug ein, was sorgfältig geschehen musste, da er keine Hüllen dafür hatte. Ich fragte ihn, ob er Hilfe brauche, was er verneinte, und da dachte ich, dass niemand anderes seine glitzerblauen Trommeln anfassen sollte. Er stellte die Basstrommel auf den Dachträger, band sie fest, und dann fragte ich ihn, wo er das Schlagzeug stehen habe, und er sagte, zu Hause, in einem Keller. Ob er Hilfe brauche, es in den Keller zu schaffen? Er verneinte es.

Dann sagte ich zu Virgil, Paul habe sein Schlagzeug in seiner Wohnung, die in einem Hochhaus im zehnten Stock sei, dass der Fahrstuhl kaputt sei und ich echt mitkommen müsse und ihm helfen. Das hatten sie nicht erwartet; ich war mit ihnen gekommen, und nun ging ich mit einem Drummer weg, der nicht in ihre Band wollte. Ich sagte »Bis bald dann« und stieg zu Paul in den Wagen. Er sagte nichts, dann fuhren wir ab.

»Sind sie schlecht?«, sagte ich nach einer Weile.

»Schlecht nicht. Die können sich bloß nicht vorstellen, dass sie gut sein könnten.«

»Du bist sehr gut. Und du hast ein hübsches Schlagzeug.«

»Danke. Ich hab's einem Typen abgekauft, der in einem Restaurant gespielt hat und mit einer Schwedin verheiratet war – o băbăciune, wie er sie nannte, was nicht gerade ein schmeichelhafter Name für die eigene Frau ist, aber so war's eben. Erst hatte er auf die Heiratsgenehmigung warten müssen. Als sie schließlich kam, stand darin, dass er die Erlaubnis hat, eine Ausländerin zu heiraten. Dann heirateten sie, und danach kehrte sie nach Schweden zurück, und er blieb in Rumänien und wartete auf seinen Pass. Heiraten ist das eine, Rumänien verlassen, um zu seiner Frau zu kommen, das andere. Dann kriegte er Panik. ›Und was ist, wenn sie an Altersschwäche stirbt, bevor ich meinen Pass kriege?‹ Als er ihn schließlich kriegte, verkaufte er innerhalb von zwei Wochen alles, was er hatte, und reiste ab. Das war mein Glück: So kurzfristig fand er keinen anderen Käufer für sein Schlagzeug, also nahm er schließlich an, was ich ihm anbieten konnte. Er sagte, er hofft, ich müsste mich nie zwischen einer Frau und einem Schlagzeug entscheiden.«

Paul wohnte bei seinen Eltern in einem vierstöckigen Wohnblock aus den fünfziger Jahren; im Keller hatten sie einen kleinen Abstellraum. Dort brachten wir sein Schlagzeug hin. Es war ein sauberer, netter Raum, ganz weiß gestrichen. Er dankte mir für meine Hilfe und sagte, darauf jetzt ein doppeltes Pferd, machte eine Schachtel Zigaretten auf und bot mir eine an. Auf der Packung waren zwei Pferde, eins weiß, eins schwarz. Es waren chinesische, eine Marke namens Double Horses. Ich rauchte eigentlich nicht, nur ab und zu und dann auf der Schultoilette und immer nur leichte Filterzigaretten namens Snagov, die richtig fies waren. Davor hatte ich nie eine chinesische Zigarette geraucht. Ich zog daran und erwartete einen ekligen Rauch, doch der Rauch war beruhigend und hatte ein holziges, süßliches Aroma, und das machte mir Mut, und so sagte ich: »Paul, weißt du, was ich richtig gern möchte? Dass du dein Schlagzeug aufbaust und ein bisschen spielst.«

Er sah mich an, als wollte er sagen: »Warum hast du so lange dafür gebraucht?« Er baute alles auf – die Basstrommel, die Fußmaschine, das Tom, das Standtom, die Snare, die Hi-Hat, die beiden Becken. Dann klopfte er kurz mit dem Daumen auf das Fell des Standtoms und zog mit einem kleinen Schlüssel die Schrauben an.

»Was machst du da?«, fragte ich.

»Ich stimme es. Man muss Trommeln stimmen.«

Das hatte ich nicht gewusst.

»Trommeln sind was Besonderes. Wenn du nur zögernd schlägst, merken sie es, und sie mögen es nicht. Damit meine ich nicht sachte spielen, sondern nicht mit vollem Einsatz. Die kannst du nämlich nicht täuschen. Die durchschauen dich sofort.«

Als er fertig gestimmt hatte, spielte er den Reggae-Beat, den er im Studio gespielt hatte, aber was ich jetzt hörte, war ganz anders als das, was ich in den Boxen im Regieraum gehört hatte. Jetzt vibrierte alles um mich herum – das Schlagzeug, die Luft, die Wände –, und es war fast so, als wären aus meinen Trommelfellen die eines Schlagzeugs geworden. Ich wusste nicht, dass ein Becken die Luft in verschiedenen Farben streichen kann oder dass die Stöcke zurückprallen, sodass man nicht mehr weiß, ob die Stöcke das Becken schlagen oder umgekehrt.

Einige meiner Freunde hatten eine Gitarre, eine Geige, sogar ein Klavier, aber von keinem hatte ich gehört, dass er ein Schlagzeug hat. Sein Trowa hatte, auch wenn es ein Schnäppchen war, bestimmt eine schöne Stange gekostet. Wie hatte er seine Eltern überredet, ihm das Geld zu geben?

Der Plan

1

Fast täglich ging ich zu Paul in den Keller. Wir wohnten im selben Viertel – Floreasca. Ich in einem Wohnblock, der wahrscheinlich älter als seiner war; auch wir hatten einen Keller, aber unser Abstellraum war so winzig, dass wir da bloß ein Plastikfass reinstellen konnten. Zu Fuß brauchte ich zu Paul rund zwanzig Minuten. Dabei kam ich an einem alten Busdepot vorbei, an einer Büste von Giuseppe Garibaldi, einer Fabrik namens Automatica (ein ehemaliges Ford-Werk, das die Kommis verstaatlicht hatten), überquerte eine Tramlinie und gelangte schließlich zu Pauls Wohnblock. Wäre das ein Film, dann würde ich vor diesem Block mit dem Kran hochgehen, damit Du den Lacul Floreasca siehst, einen ziemlich großen See. Am anderen Ufer war die Cartierul Primăverii – der

Frühlingsbezirk –, wo Ceaușescu und die ganzen Bonzen in riesigen Villen aus der Zwischenkriegszeit wohnten. Als Kind trieb ich mich noch auf jener Seite des Sees herum, aber 1988 war dann alles voller Miliz, die einen nicht mehr durchließ. Das *ș* in Ceaușescu sollte wie das *s* in Sean ausgesprochen werden. Connery Sean.

Anfangs dachte ich, bei Paul im Keller seien lauter Jungen und Mädchen, vor allem Mädchen: Als Drummer mit einem eigenen Schlagzeug im Keller, gab es was Besseres? Aber jedes Mal war Paul allein. Er konnte dort Schlagzeug spielen, weil in der Wohnung darüber ein alter Mann wohnte, der halb taub war – Sir Michael. Er hieß Mihailovici, aber in der ganzen Nachbarschaft hieß er Sir Michael. Auf den Spitznamen war Pauls Vater gekommen, weil der mit seinem Hund immer auf der falschen Straßenseite Gassi ging.

Paul war vier Jahre älter als ich. Er war im ersten Jahr an der Philosophischen Fakultät, ich im ersten der Oberschule. Vier Jahre sind eine Menge, wenn man jung ist, und ich hatte Angst, dass er sich nicht mit mir abgeben wollte, doch er tat es. Wir redeten, rauchten Double Horses, und dann spielte er Schlagzeug. Er spielte gern, und ich hörte ihm gern zu. Er schlug gern einen Offbeat oder machte den Downbeat gar nicht, was mich schockierte, und der Schock hielt sich wie der Nachgeschmack einer Double Horse. Ich versuchte vorauszuahnen, was er tun würde, und das war ganz aufregend. Seine Stöcke waren wie zwei Buge, die ins Unbekannte vorstießen.

2

An einem Abend sagte er, Sir Michael habe Besuch und habe ihn gebeten, leise zu sein.

»So ist es abgemacht, wenn er mich bittet, nicht zu spielen, spiele ich nicht. Vor Jahren hat sein Arzt ihn gedrängt, das Rauchen zu stecken, das hat er getan, aber er hatte noch einen Riesenvorrat Double Horses. Er ist meine Quelle.«

An dem Abend redeten wir viel, und er erzählte mir von seinem Geheimplan – dem Plan, der ihn zum Prinzen machen würde.

»Im Sommer habe ich in einer Band in einem Restaurant gespielt. Die brauchten für ein paar Wochen einen Drummer. Drei Sets pro Abend, nichts Besonderes. Na ja, und gegen Ende meiner Zeit gingen sie irgendwo vorspielen, um ihre Künstlerausweise zu verlängern, und was glaubst du, was passiert ist? Sie haben mich mitgenommen. Also habe ich jetzt selbst einen. Mein erster. In fünf Jahren muss ich ihn verlängern. Das ist dann dreiundneunzig.«

»Du bist Philosophiestudent *und* freiberuflicher Künstler?«

»Dass ich studiere, habe ich den alten Schlagersäcken im Komitee nicht gesagt. Ich habe ihnen erzählt, dass ich die Oberschule abgeschlossen habe und Schlagzeuger werden will. Wir haben bloß einen Song gespielt, das war's. Wir haben ›Măicuţa mea‹ gespielt, und sie haben gesagt: ›Danke, das reicht.‹«

»›Măicuţa mea‹?«

»Ja. ›Meine liebe kleine Mama‹ von Temistocle Popa. ›Ich danke dir, meine liebe Mutter …‹ Na komm, das kennt doch jeder.«

»Kenn ich. Schnulziger geht's ja wohl nicht.«

»Das kommt bei diesem Vorspielen immer gut an, was Schnulziges zu spielen, weil in dem Komitee immer so alte Schlagersänger hocken.«

Er holte sein Portemonnaie raus und zeigte mir seinen Künstlerausweis, ausgegeben vom Rat für Kultur und Sozialistische Bildung.

»Mit diesem Ausweis«, sagte er, »werde ich wie ein Prinz leben *und* zur Arbeiterklasse gehören.«

»Wer soll dich denn einstellen?«

»Mit diesem Ausweis, Fane, kann mich ganz offiziell ein Restaurant anstellen, als Schlagzeuger ihrer Band.«

»Ein Prinz, der in einem Restaurant spielt? Du meinst, während des Sommers?«

»Nein, immer.«

»Gut, aber du studierst doch Philosophie. Nach deinem Abschluss bist du dann Philosophielehrer. Oder nicht?«

»Weißt du, wir machen viel Logik. Weiß Gott warum, denn der Marxismus hat damit nichts zu tun. Jedenfalls kommt im dritten Jahr ein brutales Logikexamen, und da falle ich dann durch. Da fallen viele durch, aber dann lernen sie wie verrückt und bestehen im September die Wiederholungsprüfung. Aber ich, ich falle auch bei der Wiederholung durch.«

»Aber dann musst du das dritte Jahr doch wiederholen, oder?«

»Na und? Dann falle ich halt noch mal durch. Ich erzähle dem Prof das unlogischste Zeug, danach schmeißen sie mich raus. Und dann bin ich absolut frei. Frank Zappa hat eine Platte gemacht, *Absolutely Free*. Hast du von Zappa gehört?«

»Und dann?«

»Hab ich dir doch gesagt. Dann gehe ich zu einer Band in einem Restaurant.«

»Aber Paul, du bist doch gut. Willst du nicht Konzerte geben? Auf Tour gehen?«

»Nur von Konzerten und Tourneen kann man nicht leben. Das kann keiner.«

»Aber wenn die in der Band nicht nett sind und du nicht mit ihnen befreundet sein kannst?«

»Das Wichtigste im Leben ist, dass man seine Ruhe hat. Ich stehe auf, wann ich will, und das ist dann mein Rolls. Außerdem muss ich auf keine Parteisitzungen und mir endlose Reden über unsere vielseitig entwickelte sozialistische Gesellschaft anhören.«

»Warum musst du auf keine Parteisitzungen?«

»Weil ich nie Parteimitglied sein werde. Die Partei will keine Schlagzeuger in ihren Reihen.«

»Warum das?«

»Weil wir unzuverlässig sind.«

»Paul, du spinnst.«

»Ach ja?«

»Ich weiß nicht, was ich sagen soll … Kannst du denn

nicht erst deinen Abschluss machen und dann ein Prinz sein?«

»Wenn ich zu Ende studiere und meinen Abschluss mache, schicken sie mich an eine Sekundarschule in irgendeinem gottverlassenen Kaff und zwingen mich, dort drei Jahre lang zu unterrichten. Das ist der Deal, da führt kein Weg dran vorbei. Aber die drei Jahre, die existieren bloß auf dem Papier; ich komme dann nie wieder aus dem System raus. Bestenfalls kann man noch an eine andere Schule in einem anderen Kaff. Dann bin ich ein Leben lang Sklave – ein Lehrersklave. Dann unterrichte ich Geschichte, Zeichnen und Sport.«

»Nicht Philosophie?«

»Philosophie wird nur an der Oberschule gelehrt, in der zwölften, und an Oberschulen gibt's keine Stellen mehr, höchstens vielleicht eine oder zwei pro Jahr. Aber es wäre auch egal, wenn ich Philosophie unterrichten würde, weil Philosophie kein Trost wäre.«

»Warum wartest du dann noch? Warum steigst du nicht gleich aus?«

»Wegen meines Vaters. Der ist nämlich der wahre Spinner in der Familie, nicht ich. ›Du willst Schlagzeuger werden, wo dieses Regime voll auf Touren ist?‹ Das hat er gesagt, als ich das Schlagzeug gekauft habe. Eigentlich ist er ganz nett, aber er ist auch ein bisschen komisch im Kopf. Also, er findet seine Scherze und Witze lustig, aber in Wahrheit sind sie das nur selten.«

»Und trotzdem hat er dir das Geld für dein Schlagzeug gegeben?«

»Das hatte ich von meiner Mama, alles. Sie hatte eigene Ersparnisse. Sie hat gesagt: ›Paul, wenn du an die Uni gehst, gebe ich dir das Geld für ein Schlagzeug. Ich weiß ja, dass du das willst, ein Schlagzeug.‹«

»Aber warum dann Philosophie?«

»Für alles andere bin ich nicht klug genug. Weißt du, für die Musikhochschule war ich nicht so weit, und nachdem ich Mathe, Physik, Chemie, Literatur, Geschichte, Kunst und Schauspiel ausgeschlossen hatte, war noch Philosophie übrig. Da gibt's bloß eine schriftliche Prüfung. Zwei Abschlussarbeiten: Philosophie und Politische Ökonomie. Und die Lehrbücher sind schmal. Die kann man in ein paar Monaten auswendig.«

»Schon, aber … also, diese Lehrbücher, sind die nicht Mist?«

»›Und du musst bedenken: Die Arbeiten für die Zulassung müssen mit mindestens zwei Zitaten aus Ceaușescus Reden abgerundet sein.‹ Das hat mir der Philosophielehrer in meinem letzten Jahr an der Oberschule gesagt.«

»Was hast du dann gemacht?«

»Als ich meiner Mama gesagt habe, dass ich mir nicht merken kann, was Ceaușescu sagt, hat sie mich ausgelacht.«

»Sie hat dich ausgelacht?«

»Ja. Und dann hat sie zwei Sätze zitiert, die, wie sie sagte, aus einer von Ceaușescus jüngsten Reden stammten. Einer ging ungefähr so: ›Es genügt nicht, über abstrakte Dinge zu schreiben, obwohl auch sie notwendig sind. Es ist schön, ein gutes Liebesgedicht zu hören, aber es genügt nicht.‹ Der andere war: ›Das Leben hat hinlänglich bewiesen, dass das dialektische Gesetz bei inneren und äußeren Konflikten uns veranlassen soll, mit aller Kraft für die Erfüllung unserer Träume zu kämpfen.‹ Dann hat sie gesagt: ›Einer der beiden Sätze ist von ihm, den anderen habe ich erfunden. Was meinst du, welcher ist seiner?‹

›Bestimmt der erste‹, sagte ich, ›der mit den abstrakten Dingen und der Liebe, weil der vollkommen sinnlos ist.‹ Und da hat Mama gesagt: ›Bravo! Sehr gut.‹ Und ich war wie Mogli, der Kaa in die Augen schaut. Und dann sagte sie: ›Paul, hör mal zu. Ich weiß, du kannst das. Du magst Jazz, und du musst nur ein Zitat improvisieren, das gut klingt, um deine Examensarbeit abzurunden. Es ist egal, ob es einen Sinn ergibt oder nicht. Verstehst du? Das merkt doch keiner.‹ Damit hatte sie völlig recht.«

»Deine Mama hat gesagt, du sollst lügen?«

»Sie ist ja ziemlich clever. Und mutig. Sie ist im Waisenhaus aufgewachsen. Sie hat dunkle Haut, und sie sagt, sie ist Zigeunerin, aber nur Gott weiß, ob das stimmt. Mein Vater ist jedenfalls eine andere Geschichte. Er muss vorbereitet sein, um seinetwillen. Also, ich muss ihm tausendmal sagen, dass Logik einfach nicht mein Ding ist, bevor ich diese blöde Logikprüfung schmeiße. Als Kind mochte ich weiße Trauben, und da hat er unzählige Trauben geschält, nur für mich. Er hat gesagt, die Haut macht sie weniger süß. Ich kann also nichts tun. Aber einfach wird's nicht, weil er sagt, dass ein Lehrerjob sehr gut ist für einen jungen Mann, der heiraten und eine

Familie gründen will. Er hat meine Mutter geheiratet, als er noch ziemlich jung war. Überhaupt ist er viel jünger als meine Mutter.«

»Mein Vater war genauso. Ich habe ihn oft angelogen, ich dachte, es war zu seinem Besten.«

»Logik ist einfach nicht mein Ding. Was kann ich da tun?«

Der Maestro

1

Eines Abends, ungefähr einen Monat nach unserer ersten Begegnung, ging ich zu ihm in den Keller, und er hatte eine Flasche im Arm.

»Willst du? Gläser hab ich keine.«

Es war eine Flasche Bastion, ein rumänischer Brandy.

»Dieses Semester nehmen wir die Griechen durch. Ein Haufen Irrer, einer wie der andere. Aber keiner mehr als Heraklit. Hier ist einer seiner Sätze: ›Der Mensch kapiert nicht das Offensichtliche.‹«

»Das verstehe ich nicht.«

»Stell dir vor, du begegnest einem Haufen Kindern, und die sagen zu dir: ›Was wir sehen und fangen, lassen wir zurück. Was wir nicht sehen und nicht fangen, nehmen wir mit.‹ Was wollen sie dir damit sagen?«

»Keine Ahnung.«

»Egal. Auch Homer hat's nicht kapiert.«

»Wer?«

»Homer, der blinde Dichter und Heraklit zufolge der weiseste Grieche. Eines Tages, sagt Heraklit, begegnet Homer einigen Jungen, die ihm dieses Rätsel sagen, und er, der weiseste Grieche, hat's nicht kapiert. Obwohl es doch offensichtlich ist. Die Jungen haben von Läusen geredet.«

»Läusen?«

»Ja. Sie hatten Läuse. ›Was wir sehen und fangen, lassen wir zurück. Was wir nicht sehen und nicht fangen, nehmen wir mit.‹ Kapierst du's jetzt? Auf Heraklit!«

»Auf Heraklit!«, sagte ich. Ich trank einen Schluck und spürte, wie mir ein Feuerfluss die Kehle hinablief.

»Sie haben mich rausgeschmissen«, sagte Paul.

»Rausgeschmissen? Was redest du da? Wann?«

»Heute Morgen.«

Der Feuerfluss wollte nun zurückfließen, und der Weg hinab war derselbe wie der hinauf – beide brannten.

»Gott, Paul, warum haben sie dich rausgeschmissen?«

»Gestern hat man uns allen Erstsemestern gesagt, dass der Unterricht heute ausfällt und wir mit dem Bus zu einem Studio im Fernsehsender fahren müssten. Statt Statisten in einem Seminar über Heraklit sollten wir Statisten in einer Huldigung für Ceaușescu sein.«

»Und was ist in dem Studio passiert?«

»Wir kamen auf eine Tonbühne mit Fahnen, einem Plakat, auf dem *Das Goldene Zeitalter* stand, und zwei riesigen Weizengarben. Total gigantisch. Ich glaube, die waren gar nicht echt. Und an jede war eine Sichel gebunden wie ein Emblem, weißt du. Jedenfalls mussten wir gar nichts tun, wir waren stumme Statisten. Wir mussten bloß einen Typen in einem schwarzen Anzug und eine Frau in einem heftig bestickten Bauernkostüm flankieren. Der Regisseur, ein Typ ganz in Denim und weißen Turnschuhen, Adidas natürlich, war ziemlich hektisch und rannte von einem Kameramann zum nächsten. Sie nannten ihn Maestro. Als er schließlich ›Action!‹ sagte, fing der Mann in Schwarz mit einem patriotischen Lied an, und ich dachte, das geht glatt, weil's ja bloß Playback war, und was konnte bei Playback schon schiefgehen? Aber nach ein paar Takten explodierte der Maestro: ›Fuck, cut, fuck!‹ Und zeigte dabei auf einen von uns. ›Du da! Raus! Raus aus meinem Set!‹ Keiner kapierte, was er wollte. ›Du mit dem Bart, bist du taub? Raus! Wie konnte denn keiner sehen, dass der einen Bart hat?‹ Ein Studienfreund hatte einen Bart. Der Arme. Da bin ich vorgetreten und habe gesagt: ›Maestro, bitte entschuldigen Sie ihn, er hat einigen Stress hinter sich. Wir haben alle möglichen griechischen Philosophen gelesen, und er hat ein paar Stunden verpasst, und diese griechischen Philosophen, die sind richtig schlimm, man weiß nie, wovon sie jetzt wieder reden, und die hatten auch einen Bart, und mein Freund …‹«

»Paul, warum hast du das denn gemacht?«

»Es war ein Scherz. Ich dachte, es beruhigt den Maestro ein bisschen. Aber nein. ›Da, noch so ein Wichser‹, brüllte er eine dünne junge Frau an, seine Assistentin. ›Philosophiestudenten. Kein Wunder. Wie kann ich so eine Show mit Wichsern machen? Sag du's mir, Margareta.‹ Margareta schaute zu Boden, und ihr Gesicht war weiß. Und ich sagte: ›Maestro, die Wahrheit ist, dass man einfach keine Rasierklingen kriegt.‹ Ich dachte, diesmal würde ihn meine Witzelei bestimmt zum Lachen bringen, aber er wurde nur noch wütender. ›Das wirst du teuer bezahlen‹, schrie er mich an. ›Wie kannst du es wagen? Schreib deinen Namen auf ein Blatt Papier, und dann hau ab!‹ Und dann … tja, ich weiß nicht, was da über mich kam, ich schwör's, ich weiß es nicht, dann hab ich gesagt: ›In Ordnung, Genosse Maestro, auf Wiedersehen.‹«

»Und?«

»Alle waren wie vom Donner gerührt: der Maestro, Margareta, die Elektriker, die Kameramänner, der Bariton, alle. Auf der Bühne nur Stille. Und dann bin ich weg. Das war's.«

»Allmächtiger, Paul! Genosse Maestro?«

»Ich weiß.«

»Einen Fernsehregisseur in Denim und Adidas nennt man nicht ›Genosse‹. Das ist doch kein Schuldirektor. Weißt du denn nicht, wie verrückt Künstler sind? Und der da muss auch noch Beziehungen haben, weil sie ihm eine Sendung über das Goldene Zeitalter übertragen haben.«

Paul sagte nichts und nahm einen weiteren kräftigen Schluck Bastion. Ich sah ihn an, und er hatte wieder sein ausdrucksloses Gesicht, und da spürte ich, dass ich was nicht mitkriegte.

»Garantiert hat der Verbindungen. Was jetzt bewiesen ist. Denn heute Morgen hat mich die Fakultätssekretärin zu sich gerufen und mir rundheraus erklärt, dass ich rausgeschmissen bin und dass sie persönlich sehr enttäuscht von meinem Verhalten ist.«

Ich wollte sagen, dass auch ich enttäuscht war, ließ es dann aber. Und da traf es mich.

»Paul, du trinkst nicht, weil du am Verzweifeln bist. Gott, Paul, du feierst, stimmt's? Du musst nicht noch drei Jahre warten, bis du durch die Prüfung rasselst, du kannst jetzt gleich ein Prinz sein.«

»Es kam ganz spontan. Als er sagte: ›Das wirst du teuer bezahlen‹, hab ich gesehen, was da vor mir lag: eine einmalige Gelegenheit. Und ich habe zu ihm gesagt: ›In Ordnung, Genosse Maestro, auf Wiedersehen.‹«

2

Marx und Engels hatten einen großen Bart, Lenin einen sorgfältig gestutzten Schnauzbart und einen Kinnbart, Stalin nur einen Schnauzbart. Ceauşescu war glatt rasiert. »Stolz ist das Schiff, kundig der Steuermann.« Irgendein Dichter hatte sich das ausgedacht. Ceauşescu war ein glatt rasierter Steuermann, der alles lenkte. Wie jeder Steuermann war er von Bootsleuten umgeben, und die hatten beschlossen, dass Männer mit Bart nicht im

Fernsehen oder auf Fotos in Zeitungen erscheinen konnten.

Zu jener Zeit war vieles knapp, ich weiß nicht mehr, ob auch Rasierklingen. Engpässe waren unvorhersehbar. Einmal, daran erinnere ich mich, ging ich in ein großes Geschäft, und als Einziges hatten sie billigen Schaumwein und Frauenunterhosen.

Die Grotte

1

Kurz nach seinem Rausschmiss telefonierte Paul mit ein paar Bekannten, und einer erzählte ihm von einer Band in einem Kurort in den Bergen, die verzweifelt einen Drummer mit einem Künstlerausweis suchte, weil ihrer ausgestiegen war.

Paul rief ihren Frontmann an und sagte ihm, er habe sowohl den Ausweis als auch ein Schlagzeug.

»Dann komm gleich morgen. Der Leiter des Restaurants hat mir gesagt, wenn ich einen mit einem Künstlerausweis finde, hat er den Job.«

Für mich war das ein größerer Schock, dass er so schnell eine Band gefunden hatte.

Noch am selben Tag packte Paul sein Schlagzeug zusammen und rief mich an.

»Komm vorbei. Morgen bin ich weg. Mein Vater bringt mich.«

Wir rauchten eine ganze Herde Double Horses, und als ich ging, war mir ein bisschen schwummrig. Später merkte ich, dass ich meine Jacke im Keller vergessen hatte, und abends ging ich dann zu Paul. Da lernte ich auch seine Eltern kennen. Du hast mich gebeten, auch über sie zu schreiben.

Ich klingelte und wartete. Ich hatte Pauls Eltern noch nie gesehen und war auch noch nie in ihrer Wohnung gewesen.

»Komm rein«, sagte eine laute Stimme hinter der Tür. Ich ging rein und sah im Flur einen Mann auf einem Stuhl; er sah ziemlich wild aus und hatte Fahrradklammern dran.

»Ich weiß, wer du bist«, sagte er. »Ich bin Dan. Nenn mich so. Deine Jacke ist hier. Paul hat sie raufgebracht, bevor wir abgefahren sind. Wir sind früh los.«

Er war dabei, ein ovales Foto an die Wand zu heften. Ein altes Foto von einem melancholischen Mann mit Schnauzbart, der ganz verloren wirkte.

»Weißt du, wer das ist?«

»Leider nicht.«

»Das ist Proust. Der Schriftsteller.«

»Ah ja.«

An der Wand war ein runder dunkler Fleck, und Prousts Foto hing nun genau in der Mitte.

»Da hat mal eine Uhr gehangen. Siehst du den runden dunklen Fleck an der Wand? Da war die Uhr. Ja, und eines Tages ist sie stehengeblieben, und ich habe meine Frau gebeten, sie zu einem kleinen Laden in der Nähe ihrer Klinik zu bringen, ob sie noch zu reparieren wäre. Die Uhr ging immer zwanzig Minuten vor – für mich die einzige Art, dass ich morgens pünktlich loskomme. Endlich hat sie es gemacht. Gestern. Sie hat sie in ein kleines Reparaturgeschäft gebracht, und der Mann dort hat sie gleich repariert. Sie hat sie in ihre Tasche gesteckt, und was glaubst du, was dann passiert ist? Sie hat sie verloren. Sie hat noch eingekauft und sie dabei verloren und weiß nicht mehr, wo. Deshalb habe ich jetzt Proust da drangemacht, wo die Uhr war, als Erinnerung für meine Frau, nach der verlorenen Uhr zu suchen.«

Er brach in schallendes Gelächter aus, stieg von dem Stuhl und bat mich ins Wohnzimmer, wo er mich dann fragte, ob ich gern einen Schluck eines sehr guten Brandys möge – Bastion. Allein vom Klang des Namens wurde mir schlecht. »Nein, danke«, sagte ich, »lieber nicht. Ich muss noch Hausaufgaben machen für morgen.«

Er goss sich ein Glas ein und sagte: »Auf die Freundschaft!«

Pauls Vater wahrte nicht bloß die Fassung, er war einfach ein gut gelaunter Mensch, und das hatte ich nicht erwartet. Ich hatte einen traurigen, untröstlichen Vater erwartet. Sein einziger Sohn war der Philosophischen Fakultät verwiesen worden und spielte jetzt Schlagzeug in einem Restaurant.

»Sieh mal, offiziell rege ich mich auf und mache mir

Sorgen, aber wie schon meine Frau sagte, ich hatte mir solche Sorgen gemacht, als er in der Armee war, und das für nichts und wieder nichts, denn er hatte dort ein wunderbares Leben. Aber ich sag dir, warum ich glücklich bin. Du musst mir nur versprechen, es ihm nicht zu sagen. Ich bin glücklich, weil er mit Mina Schluss gemacht hat. ›Wenn du in dieses Bergdorf gehst, ist es aus zwischen uns.‹ Das hat Mina zu ihm gesagt. Kennst du sie?«

»Nein.«

»Sie lebt allein in einer kleinen Wohnung. Zugegeben, das ist ja schon mal was. Auch ist sie elf Jahre älter als Paul. Und sie tut sich eine Schicht Zahnpasta auf die Brustwarzen. Ist das zu glauben? Also, anders kann ich es nicht erklären. Na ja, das ist ihre Sache. Aber weißt du, was sie ist? Da kommst du nicht drauf. Nie und nimmer. Eine Einbalsamiererin. Von Beruf Einbalsamiererin. Sie arbeitet in der Leichenhalle eines großen Krankenhauses. Wie kann man als Vater nachts schlafen, wenn man weiß, dass der eigene Sohn von einer Einbalsamiererin umsorgt wird? Das war ein Witz. Ein guter, aber Paul hat er nicht gefallen. Ich habe zu ihm gesagt: ›Du bist auf dem richtigen Weg, denn laut Aristoteles soll das Leben des wahren Philosophen eine stete Übung im Sterben sein.‹ Das hat Aristoteles wirklich gesagt. Ich hab's selbst überprüft. Es ist in einem Dialog namens *Platos Apologie*.«

Dann hörten wir einen Hund bellen, und die Wohnungstür ging auf.

»Da sind sie wieder«, sagte Dan. »Fane ist da, Schatz.«

Ein weißer Hund mit einem schwarzen Auge kam ins Zimmer getrabt und lief sogleich schwanzwedelnd zu mir.

»Das ist Pirat, ein Streuner, den wir adoptiert haben«, sagte Dan. »Und das ist meine Frau, Speck. Speck und Hund, eine gute Kombination.«

»Das ist ein Spitzname«, sagte Speck. »Den hat sich Paul ausgedacht. Komisch, dass ein Sohn die eigene Mutter so nennt, aber es ist halt ein Kosename.« Sie hatte sehr dunkle Haare, Augen und Haut.

»Falls du's nicht weißt, sie ist Assistentin in der Physiotherapie«, sagte Dan. »Sie ist sehr gut und hat auch ein paar Privatpatienten, und in einem Jahr hatte sie einen Privatpatienten, der war … da kommst du nie drauf. Feldwebel. Der Ärmste hatte sich die Schulter gebrochen. Während einer nächtlichen Schießübung hat er sich betrunken und ist in einen Graben gefallen. Sie haben ihn operiert, trotzdem konnte er den Arm nicht mehr gut bewegen. Aber sonst war alles bestens: Er war in einer Kaserne außerhalb von Bukarest für die Offiziersmesse verantwortlich. Heilige Mutter Gottes! Butter, Speck, Sahne, Schweinefleisch, er hatte einfach alles. Also haben sie abgemacht, dass sie ihm den Arm heil macht und er sie mit Essen bezahlt, und bei jeder seiner wöchentlichen Lieferungen hat er ein dickes Stück Speck dazugetan – herrlich durchwachsenen Speck –, und das alles hat sie für Paul reserviert, fürs Frühstück. Daher der Spitzname.«

Im Flur betrachtete Dan, als ich gerade gehen wollte,

Prousts Foto und sagte: »Komisch. Dieser runde dunkle Fleck an der Wand ist wie Prousts Aura. Gar nicht übel. Prousts Aura ist der Fleck, den die Uhr hinterlassen hat. Was sagst du dazu?«

»Irre!« Etwas anderes fiel mir nicht ein.

»Ich mag dich. Bist ein schlauer Bursche. Hör zu, Paul wohnt in einem hübschen Hotel, er teilt sich das Zimmer mit dem Frontmann, Marius, aber Marius hat in der Stadt eine Freundin und ist nie in seinem Hotelzimmer. Paul hat gesagt, du sollst ihn mal besuchen. Du kannst auch bei ihm schlafen.«

2

Ich weiß nicht mehr, ob das Restaurant wirklich Die Grotte hieß oder ob die Leute es einfach so nannten, weil es im Souterrain eines großen Gebäudes lag – ein Mix aus Geschäften und Skiverleihen und mittendrin ein Kino. Darum rankten sich ein paar Legenden. Einer zufolge kam Ceauşescus jüngster Sohn Nicuşor vor Jahren einmal an einem heißen Sommertag in einem weißen Wagen vorbei, und auf der Motorhaube war, mit weißen Bändern und Schals an die Windschutzscheibe gebunden, eine Blondine in einem prachtvollen Abendkleid, das sie umflatterte. Die Geschichte hat mir Paul erzählt, als er mich am Bahnhof abholte. Ich fand, das war zu dick aufgetragen. Also, ich fand nicht, dass Die Grotte so ein schicker Laden war, dass sie Ceauşescus Sohn reizen konnte, aber als ich es betrat, traute ich meinen Augen nicht. Auf allen Tischen lagen makellose weiße Tischdecken, und alle Kellner und Kellnerinnen trugen eine schwarze Hose und ein weißes Hemd.

Die Band hatte keinen Namen, aber ihren eigenen Tisch, direkt neben dem Podium. Paul stellte mich allen vor – Marius, Mr Bumblebee und Peter. Paul war eindeutig der Jüngste. Marius und Peter dürften Mitte dreißig gewesen sein. Mr Bumblebee hatte einen sauber gestutzten Bart und war ganz klar noch älter. Warum sie ihn Mr Bumblebee nannten, weiß ich nicht; seinen richtigen Namen kenne ich nicht.

Peter stieg aufs Podium, das niedrig und geschwungen war, und ging zu einem Stuhl, auf dem eine mit einem Stück weißem Satin bedeckte Gitarre stand. Eine Fender Stratocaster. Ach, hatte der ein Glück. Er nahm sie auf und checkte seine Combo. Die Fender war umwerfend – Ahornhals, Eschenkorpus mit transparentem Finish, schwarzes Pickguard. Die Combo war eine vermutlich schwere Holzbox, schwarz gestrichen, obendran ein solider Bakelitgriff; das Ding war handgemacht. Vorn war eine Alublende mit vier großen Knöpfen. Ich ging zum Podium und reckte den Hals, um nachzusehen, wie sie von hinten aussah. Sie war offen, und drin war ein Celestion-Lautsprecher mit einem runden Etikett, auf dem stand: »Rola Celestion, Ltd. Foxhall Road, Ipswich, Suffolk, England.«

Peter hatte ein hübsches schwarzes Lederband, also sagte ich: »Hübsches Armband, das.«

»Das ist ein Trauerband«, sagte er, ohne mich anzusehen. »Das ist für Tommy Bolin.«

Ich wusste nicht, wer Tommy Bolin war, also hielt ich den Mund. Er sah mich an und sagte: »Das war der Gitarrist von Deep Purple. Der hat Blackmore ersetzt.«

Ich hatte das Gefühl, ich müsste was sagen, und sagte schließlich: »Wann ist der gestorben? Also, der, der Blackmore ersetzt hat.«

»Ist das wichtig?« Er lehnte sich zurück, hob die Gitarre hoch und sagte: »Hey, weißt du überhaupt, was Rock ist?«

Und dann machte er ein paar Licks, eher leise und ohne Verzerrer, und jeden Lick schloss er mit einem kräftigen, breiten Vibrato ab, aber ohne das Tremolo einzusetzen. Einfach bloß mit der Hand.

Zwei junge Frauen gingen vorbei, und die eine sagte zur anderen: »Tolle Fingerarbeit«, und das hatte Peter bestimmt gehört, aber weißt Du, was er gemacht hat? Nichts. Er hat sie ignoriert. Hat sie nicht mal angesehen. Aber Oksana, die hat er immer angesehen, wenn sie da war. Wie wir alle. Groß, schlank, helle Haut, lange dunkle Haare, dunkelbraune Augen. Sie war die Bedienung, die für ihren Tisch zuständig war. Ihr Essen ging aufs Haus, und Oksana sagte mir, dass auch Pauls Freunde nicht bezahlen müssten.

»Die ist sehr nett«, sagte Paul, »und unsere Portionen sind schön groß, eigentlich größer als das, was die Gäste kriegen.«

Das Abendessen war toll (und die Portionen waren

riesig): gegrilltes Schweinefleisch mit Bratkartoffeln, eingelegte Sachen und Rotwein. »Esst ihr jeden Tag so?«, flüsterte ich Paul zu, und er sagte: »Und ob.« Oksana brachte auch mir ein Glas, wobei wohl allen klar war, dass ich noch keine achtzehn war, aber keiner sagte was, und Paul schenkte mir Wein ein, es war ein bulgarischer Cabernet, der grob und süß zugleich war. Nach dem Essen verschwanden alle, dann kam Oksana und füllte mir mein Glas nach.

»Die müssen sich umziehen«, sagte sie. »Genosse B. B.s Wunsch. Das ist der Geschäftsführer. Ich mag ihre Blusen sehr, aber Paul findet sie schlimm.«

Als Erster erschien Peter wieder – in einer pinken Bluse mit V-Ausschnitt und Stehkragen. Dann kamen die anderen, und um Punkt sieben legten sie los mit einem Potpourri aus Bossa Novas, rein instrumental, und sie spielten ganz leise, weil die meisten Gäste da gerade ihr Essen und die Getränke bestellten. Paul spielte mit Besen. Es war das erste Mal, dass ich einen Schlagzeuger mit Besen spielen hörte. Gott, wie sehr ich dieses Schlagzeug vermisst hatte; ich sog seine Laute auf wie ein Junkie seinen ersten Zug nach einer langen Abstinenz.

Sie hatten eine kleine, aber sehr effiziente Anlage, eine Peavey, zwei mittelgroße Gehäuse auf Dreibeinen, und die Band hatte einen hübschen, runden Sound. Marius spielte E-Piano, ein Hohner, das er an einen Boss Super Chorus angeschlossen hatte. Mr Bumblebee hatte eine Roland Cube Bass-Combo und einen Rickenbacker-Bass – einen echten Rickenbacker, schwarz mit weißem

Pickguard, der machte einen tiefen, wunderbaren Sound, für Bossa Nova aber vielleicht doch zu rau. Dann spielten sie was Jazziges, und Paul wechselte zu Stöcken. Das war ihr erstes Set. Danach setzten sie sich wieder an ihren Tisch und bestellten mehr bulgarischen Cabernet.

Mr Bumblebee kippte zwei Gläser, kurz hintereinander. Dann sah er mich an und sagte: »Ich hab mal in Floreasca gewohnt, Puccinistraße, Puccini Ecke Glinka. Hab da mit meiner Frau gewohnt. Davor in der Bach. Puccini, Glinka und Bach …« Er sprach die Namen, als wären sie der Name einer Anwaltskanzlei.

»Lass deine Frau niemals Nachtschicht arbeiten«, sagte Mr Bumblebee und kippte ein weiteres Glas.

»Seine Frau hat ihn verlassen«, flüsterte Paul mir ins Ohr. »Sie hatte in einer Fabrik gearbeitet und ein Verhältnis mit ihrem Chef. Einmal hat sie gesagt, ihr Chef sei ein Arschloch, weil er sie gezwungen habe, Nachtschicht zu arbeiten. Eines Nachts dann, ich weiß nicht, nach wie vielen Wochen, ruft Mr Bumblebee in der Fabrik an, wo seine Frau arbeitet, und der Wachmann geht dran und sagt: ‚Du musst die falsche Fabrik haben, Genosse. Wir hier haben keine Nachtschicht, nie gehabt.«

Das zweite Set war ein Discomix aus rumänischen und italienischen Hits der siebziger Jahre. Davon kennst Du bestimmt nichts. Jetzt passte Mr Bumblebees Rickenbacker mit seinem rauen Ton eher. Paul hatte ein Mikro vor seiner Basstrommel, das direkt in die Anlage ging, und alle zwei Takte oder so hörte man Pauls Basstrommel und Mr Bumblebee im selben Beat spielen, und das war echt super, wirklich. Mitten über der Tanzfläche drehte sich eine Discokugel, und viele Gäste tanzten.

Nach dem zweiten Set setzten sie sich wieder an ihren Tisch und tranken weiter bulgarischen Cabernet.

»Man weiß sofort, dass Paul mal Philosophie studiert hat«, sagte Mr Bumblebee. »Na komm, Paul, erzähl uns was aus deinem Leben als Philosophiestudent.«

»Dafür war dieses Leben zu kurz«, sagte Paul.

»Erzähl uns von deinem unglücklichen Prof«, sagte Mr Bumblebee. »Er hatte nämlich einen Professor für idealistischen Materialismus, der immerzu unglücklich war.«

»Woher weißt du das?«, sagte Marius.

»Weil er's mir erzählt hat. Erzähl uns, was du mir erzählt hast, Paul.«

»Lass ihn doch, Mann«, sagte Marius. »Du siehst doch, dass er ein Geheimnistuer ist. Lass ihn mal in Ruhe.«

»Einmal gibt ihnen dieser Professor eine lange Leseaufgabe von … hilf mir, Paul, ja? Eine lange Leseaufgabe von …«

»Von Hegel«, sagte Paul.

»Genau. Hegel, der von Marx beeinflusst war. Vielmehr hat Marx ihn nicht nur beeinflusst, er hat ihn auch auf die Füße gestellt.«

»Warum, war der krank oder was?«

»Hegel war nämlich sehr schlau, und er dachte, der Geist ist die Grundlage von allem. Es war also so, als hätte er auf dem Kopf gestanden. Also, das stimmt doch, wo er doch gesagt hat, dass der Geist die *Grundlage* von allem ist? Gott sei Dank war Marx da. Egal, die Aufgabe war aus einem Buch mit dem Titel – und den weiß ich noch – mit dem Titel *Die Philosophie der Geschichte*. Und Paul geht in die Bibliothek, und auf den Ausleihzettel schreibt er ›Hegel, *Die Geschichte der Philosophie*‹. Und der Bibliothekar gibt ihm ein Buch von Hegel mit dem Titel *Die Geschichte der Philosophie*.«

»Das findest du lustig?«, sagte Marius, aber man sah deutlich, dass er Mühe hatte, sich das Lachen zu verkneifen.

»Hegel hat zwei Bücher geschrieben«, sagte Paul. »Eines namens *Die Philosophie der Geschichte*, das andere *Die Geschichte der Philosophie*. Ich hab sie verwechselt.«

»Ja, aber vielleicht war auch Hegel ein bisschen verwirrt«, sagte Mr Bumblebee. »Das war er bestimmt, bis Marx ihm den Kopf zurechtgerückt hat.«

Und da konnte sich Marius nicht mehr zurückhalten und lachte los.

»Und in der nächsten Stunde fragt der Professor Paul: ›Was sagt Hegel in dem Abschnitt, den Sie für heute lesen sollten?‹ Und Paul sagt, es geht um Herakles.«

»Heraklit«, sagte Paul.

»Ja, entschuldige. Und da sagt der Professor: ›Sie spielen mit dem Feuer.‹ Und dann geht er zu Paul und sieht sich Pauls Buch an, das er vor sich liegen hat, und es war Hegels *Geschichte der Philosophie*, und da sagt der Prof: ›Das ist nicht das richtige Buch.‹ Und Paul sagt: ›Bei allem Respekt, Genosse Professor, es ist das richtige.‹ Und der Professor sagt: ›Herrgott, warum haben wir uns darauf eingelassen, das Niveau der Zulassungsprüfung so weit zu senken? Wohin sollen uns diese Zulassungsregeln noch führen?‹«

Wir lachten alle lauthals, und Marius sah Mr Bumblebee an, sagte: »Du materialistischer Schurke!«, und lachte sich halb tot. Dann kam Oksana mit Kaffee an den Tisch. Erst bediente sie Paul, dann uns Übrige, und solange sie uns bediente, sagte keiner etwas. Es war übrigens kein Kaffee; Kaffee war da schon längst verschwunden; es war etwas, was wir Nechezol nannten – »Wiehesol« –, eine Art schwarzes Pulver, das zwar nicht gerade wie Kaffee schmeckte, aber den Blutdruck hob, und nach ein paar Tassen konnte man aufstehen und wiehern.

Um neun begannen sie ihr letztes Set, ein Medley anderer rumänischer und italienischer Hits, diesmal aber hätte man meinen können, dass Ritchie Blackmore sie geschrieben hat. Peters Gitarre war nun lauter und verzerrt, und mitten in jedem Song brachte er ein Solo; dazu setzte er sein kräftiges, breites Vibrato ein, und seine Hand, die sehr flatterte, sah aus wie ein Vogel – ein Vogel, der sich in einem Drahtgewirr verheddert hatte und sich daraus befreien wollte. Inzwischen war Mr Bumblebee ein bisschen betrunken, und um das Gleichgewicht zu halten, musste er das Ende des Rickenbacker-Halses fest in eine Lautsprecherbox stecken, in die Höhlung eines Seitengriffs. Dabei vergriff er sich aber kein einziges Mal. Am Ende brachten sie ein sehr hübsches Lied, das Marius auf Englisch sang.

»Das ist Supertramp«, schrie mir Oksana ins Ohr, als

wüsste sie, dass ich keine Ahnung hatte, was es war. »Dieser Song, der war Pauls Idee. Ich würde ja gern tanzen, aber das dürfen die Kellnerinnen nicht. Er handelt von einem Mann, der kein Intellektueller sein will. Ich kann kein Englisch, aber Paul.«

Die Gäste tanzten. Das E-Piano hatte einen hübschen Hall, und einmal blies Paul in eine kleine ACME-Sirene.

Um Punkt halb zehn schalteten sie die Verstärker aus. Paul legte die Stöcke auf die Snare, dann setzten sie sich alle an ihren Tisch und zündeten sich eine Zigarette an; damals konnte man noch überall rauchen, ausgenommen nur in der Kirche. Alle Kellner und Kellnerinnen gingen zu ihren Gästen und brachten ihnen die Rechnung. Um 21.45 kam ein dicker Kellner und verkündete mit lauter Stimme, dass Die Grotte in einer Viertelstunde schließen werde, und um zehn war das Lokal leer. Dann kamen Oksana und eine weitere Kellnerin an ihren Tisch.

»Das ist die neue Regel«, sagte Paul zu mir. »Die Musik soll um halb zehn aufhören und das Restaurant um zehn schließen. Die Arbeiterklasse muss früh schlafen gehen. Aber wir Prinzen und unser Hof, wir können bleiben, so lange wir wollen.«

3

Als ich in Pauls Hotelzimmer kam, war ich beduselter als Mr Bumblebee.

In dem Zimmer standen zwei Einzelbetten, eines lag voller Klamotten, das andere war leer. Ich dachte, das leere sei bestimmt Marius', und ließ mich darauf fallen. Ich lag auf dem Rücken und konnte nur sehen, was über mir war, und das war eine gnadenlose Glühbirne, und schon bald sah ich Wörter darum kreisen: Rola Celestion, Foxhall Road, Suffolk, England. Dann sah ich eine futuristische Stadt in einer Narnia-artigen Landschaft, und darüber stand »Ipswich«.

Der folgende Tag war ein Sonntag, ich fuhr nach Bukarest zurück, und am Hauptbahnhof nahm ich ein Maxi-Taxi nach Hause. Alle Plätze waren besetzt, also schob ich mich zur Mitte des Gangs und stellte mich gebeugt hin. Maxi-Taxis waren Minibusse mit fester Route. Sie hatten rund zwanzig Plätze, und eigentlich durfte man darin nur sitzen, doch an den Haltestellen warteten immer so viele Leute, dass die Fahrer nichts machen konnten und die Gänge immer voll standen. Das Problem war nur, dass die Minibusse innen nicht sehr hoch waren, sodass die Fahrgäste ohne Sitz nicht aufrecht stehen konnten und gebückt stehen mussten, manchmal fast im rechten Winkel, je nachdem, wie groß sie waren, und sich irgendwo festhalten mussten. Jedenfalls war ich in dem Maxi-Taxi und weit vorgebeugt, und da fiel mir eine Frau mittleren Alters mit viel Gepäck auf dem Schoß auf, die mich irgendwie komisch ansah, und ich dachte, vielleicht weil ich mich zu dramatisch vorbeugte, halt wie ein Perverser, aber das war's nicht. Sondern weil meine linke Hand, mit der ich mich an einer Stange festhielt, alle zehn Sekunden oder so ganz schnell flatterte, als wäre sie ein kleiner Vogel, der an der Stange festklebte und sich nun davon befreien wollte.

Der einseitig entwickelte Drummer

1

Am nächsten Tag rief ich Virgil an. Ich hatte Angst, dass er sauer ist, weil ich an dem Tag im Funkhaus mit Paul weggegangen war, war er aber nicht. Ich fragte ihn, ob der Song, den sie aufgenommen hatten, im Radio gekommen sei, aber das wusste er nicht. So eine Reggae-Musik könne nur nachts gesendet werden, meinte er, und er sei nächtelang bis zum Morgen wach geblieben, an ein kleines Radio geklebt, aber nie habe er ihn gehört. Schließlich war er dann mit einer Kassette zum Funkhaus gegangen und hatte den Tontechniker um eine Kopie der Aufnahme gebeten, aber der Ingenieur sagte, sie müssten schon benutzte Masterbänder wiederverwenden, weil sie nicht das Geld für neue hätten, und er habe das Band mit ihrem Song darauf schon wieder mindestens viermal benutzt. Egal. Sie hatten Eugen verziehen, aber man hatte sie aus dem Verlies rausgesetzt. Ich sagte, das tue mir alles leid, und dann sagte ich ihm, warum ich ihn anrief: Ich wollte mir eine E-Gitarre kaufen.

»Für dich?«

»Ja. Ich will Rockgitarrist werden.«

Ich dachte, er werde lachen, aber das tat er nicht, sondern meinte, er habe eine kleine E-Gitarre, die ihm ein Typ für einen Lautsprecher gegeben habe. Eine kleine Gitarre mit einem schmalen roten Korpus und einem Pick-up, ohne Name oder Logo darauf. Noch am selben Tag kaufte ich sie.

Zu Hause spielte ich dann die Anfangsriffs von »Mistreated«. Die Saiten standen ein bisschen weit vom Griffbrett ab, und sie waren starr und dick, und ich dachte, womöglich könnte ich nur mit Schmerzmitteln weiterspielen. Jedenfalls spielte ich stundenlang die Riffs und dann auch noch das ganze Stück; was meine Finger produzierten, war nicht unbedingt »Mistreated«, aber das juckte mich nicht.

Mama machte ein langes Gesicht, als ich ihr meine Gitarre zeigte und sagte, ich hätte meine ganzen Ersparnisse dafür ausgegeben. Ich sagte ihr nicht, dass ich nun auch einen Verstärker bräuchte, und sie fragte mich nicht, warum manche Gitarren »elektrisch« hießen.

2

In meinem Zimmer hatte ich ein rumänisches Röhrenradio mit einem großen Lautsprecher und einem Plattenspieler darauf, das Ganze in einem Holzgehäuse. Es war ein schweres, klobiges Ding mit einer großen Skala, auf der lauter Namen osteuropäischer Städte standen. Platten hatte ich keine, aber einmal hatte ich mir von einem Schulfreund *Made in Europe* von Deep Purple ausgeliehen. Das ist ein Live-Album. Und »Mistreated« hatte mich einfach umgehauen. Ich war so verrückt danach, dass ich schon überlegte, den Wecker auf irgendwann mitten in der Nacht zu stellen und es mir noch mal anzuhören. Vier Tage lang spielte ich die Platte nonstop; ich hatte sie auch nur vier Tage. Ich drehte auf volle Lautstärke, und die Röhren verzerrten Ritchie Blackmores Gitarre noch mehr. Die Hülle war ein Klappcover, und drin waren Fotos von der Band auf Konzerten. Die hatten so lange Haare. Ritchie Blackmore hatte eine Fender Stratocaster, der Bassist einen Rickenbacker. Abends im Bett betrachtete ich diese Fotos wie ein Mönch Ikonen. Aber nie dachte ich, *ich* könnte in einer Band sein, nicht mal, nachdem ich Virgil und seine Band kennengelernt hatte.

Das alles änderte sich, nachdem ich in Die Grotte hinabgestiegen war. Von da an wollte ich Gitarrist werden und mit Paul spielen, ein Elvis-Hemd mit V-Ausschnitt und hohem Kragen tragen, gegrilltes Schweinefleisch mit Bratkartoffeln und Pickles essen und bulgarischen Cabernet trinken und mit großen, schlanken Kellnerinnen plaudern.

3

Am Samstag danach fuhr ich wieder zur Grotte. Ich wollte Paul von meiner Gitarre erzählen, aber an ihrem Tisch, nach ihrem letzten Set. An dem Abend spielten sie richtig gut, das Lokal war voll, und alles tanzte. Während des Supertramp-Songs sah ich Oksana am Podium; sie tanzte, und manchmal spielte sie ein unsichtbares Schlagzeug.

Um halb zehn schalteten sie die Verstärker ab und kehrten an ihren Tisch zurück. Sie zündeten sich alle eine Zigarette an, und ich dachte, ich würde Paul erst ein paar Züge machen lassen, bevor ich ihm meine große Neuigkeit verriet. Da sah mich Mr Bumblebee an und fragte: »Was meinst du, wie viele Rickenbacker-Bässe gibt's momentan in Rumänien?«

»Ach, nicht schon wieder«, sagte Marius.

»Es gibt drei 4001er, einen 4000er und eine 4001-Kopie von Ibanez.«

»Herrje, woher weißt du das denn?«

»Das kann ich dir sagen. Vor ein paar Jahren –«

Doch er beendete den Satz nicht, denn zwei Typen traten an den Tisch. Einer hatte einen Rucksack; er machte ihn auf, darin waren lauter Tuborg-Dosen, und er gab jedem von uns eine. Damals hatten die großen Hotels einen kleinen Laden, der sämtliche Waren aus dem Westen importierte, und nur Ausländer durften darin einkaufen und auch nur gegen harte Währung.

»Kennen Sie ›Zabadak‹?«, sagte der mit dem Rucksack.

»Zaba was?«, fragte Paul.

»Saragossa Band«, sagte der andere. »Klasse. Nummer eins der Hitparade.«

Es waren zwei deutsche Touristen, zwei betrunkene deutsche Touristen aus Westdeutschland, denn sie hatten ja die ganzen Tuborg-Dosen gekauft.

»Das ist ein Lied«, sagte Marius und riss dabei seine Dose auf, aber nicht ganz – das waren wir nicht gewohnt, da es zu der Zeit nichts, was wir tranken, in Dosen gab –, und weißer Schaum quoll raus. Marius schlürfte ihn ab und trank dann einen großen Schluck, doch das Bier war sprudelig, und das meiste schoss ihm in die Nase, worauf er wahnsinnig husten musste.

»Das ist Bier mit Gas«, sagte Mr Bumblebee und lachte, dann machten wir alle unsere Dosen auf, und aus allen drang weißer Schaum, und wir tranken den Schaum und husteten wahnsinnig, nicht aber Paul, weil der seine Dose nicht aufgerissen hatte.

Die beiden Deutschen lächelten, und der, der uns die Dosen gegeben hatte, sagte: »Bier gegen Musik.«

»Singt es, und wir spielen es«, sagte Mr Bumblebee.

»Was?«

»Ich kenne dieses blöde ›Zabadak‹«, sagte Marius. »Wir spielen es für euch. Aber das wird nicht billig.«

»Hört mal«, sagte Paul, »dieser Mann, Herr Bumblebee, dieser Mann mag Jazz, also kann er die Nummer eins der Hitparade gar nicht spielen. Versteht ihr? Er hat Charles Mingus in Bukarest gesehen, falls ihr euch das vorstellen könnt. Ja? Mingus? Jazz?«

»›Zabadak‹, Wodka«, sagte Marius.

»Was?«

»Wir ›Zabadak‹, du Wodka.«

»Euer teuerster Drink?«

»Was?«

»Er will wissen, was das teuerste Getränk ist, das wir hier haben. Kellner, eine Flasche Havana Club.«

»Prima. Cuba Libre! ›Zabadak‹.«

»Leute, mal langsam«, sagte Paul.

Doch da war schon ein Kellner mit Gläschen und einer Flasche Havana Club gekommen. Er stellte alles auf den Tisch und füllte alle Gläser.

»Prost«, sagten die Deutschen und kippten ihren Rum.

»Proust«, sagte Mr Bumblebee und lachte, dann leerten wir alle unsere Gläschen, und mir war, als hätte mir jemand mit einem Baseballschläger in den Magen gehauen. Der Einzige, der seins nicht angerührt hatte, war Paul. Mr Bumblebee stieg aufs Podium, lief hinter das Schlagzeug und setzte sich auf Pauls Hocker, und nach ein paar Einzelschlägen auf die Snaredrum – die so laut waren, dass ich dachte, er halte keine Stöcke, sondern Hämmer in den Händen – sagte er: »Okay, Leute, los geht's«, worauf er vom Hocker fiel. Er stand schnell wieder auf, ganz allein, setzte sich wieder auf Pauls Hocker und fiel erneut runter. Er stand auf, diesmal unter

Schwierigkeiten, setzte sich nun ans Piano und sagte: »Ich wär dann so weit.«

Dann stieg Marius aufs Podium, nahm Peters Fender, drehte alle Regler an seinem Verstärker voll auf, und bevor wir's uns versahen, kam aus Peters Celestion ein lautes Mikro-Feedback, das die gesamte Grotte erfüllte. »Los!«, brüllte Marius Paul an, »ohne Drummer geht das nicht. Kein Schlagzeug, kein ›Zabadak‹.«

Das dröhnende Mikro-Feedback legte sich, dann sagte Paul: »Wir leben zwar in einer vielseitig entwickelten Gesellschaft, aber manche Drummer können eben manches nicht spielen. Klar?«

Und ging.

Ich lief ihm hinterher, und nach einer Weile sagte ich: »Paul, wer ist Charles Mingus?«

»Ein Genie. Er hat Kontrabass gespielt. Jazz, echten Jazz. Mr Bumblebee hat ihn in Bukarest gesehen. Im Sala Palatului. Ist ewig her. Das muss gegen Ende des Tauwetters gewesen sein. Am Ende des Tauwetters … Mr Bumblebee hat zwei Mingus-Alben. Eins mit einem großen Pianisten, Don Pullen. Wenn Marius zu fest auf sein Hohner haut, schreit Mr Bumblebee: ›K. o. Pullen!‹«

»K. o. Pullen?«

»Ja, weil es ist, als hätte er Pullen k. o. geschlagen. Tut mir leid, aber ich glaube, ich hab das alles satt.«

»Du willst von der Grotte weg?«

»Sieh mal, es gibt Dinge, die –«

»Du hast gegrilltes Schweinefleisch und bulgarischen Cabernet satt?«

»Einmal war in dem Restaurant die Heizung ausgefallen, und als wir ›The Girl from Ipanema‹ spielten, kam bei allen ein feiner Dunst aus dem Mund – bei uns, bei den Kellnern, den Gästen. Der Dunst von Ipanema. Nein, es ist nicht bloß Die Grotte.«

»Du willst weg von der Band? Paul, die ist doch super!«

»Weißt du, dass alle Bands, die in Bars, Restaurants, auf privaten Hochzeiten und so weiter spielen, ihr Repertoire genehmigen lassen müssen?«

»Von wem?«

»Von der Vereinigung der freiberuflichen Künstler. Im September ist Marius da hin, lange bevor sie in der Grotte angefangen haben, noch mit ihrem ersten Drummer, und da haben sie ihm zwei Listen mit Songtiteln gegeben, eine lange nur mit rumänischen Liedern, alten und neuen, und eine zweite, sehr kurze, mit italienischen, französischen und serbischen Hits. Sergio Endrigo. Mireille Mathieu. Und Marius musste aus der ersten dreißig Songs auswählen und rund fünf aus der zweiten. Er schrieb die Titel auf ein Blatt Papier, das er dann zur Genehmigung dort ließ. Und als er sie genehmigt zurückkriegte, wurden diese Songs zum Repertoire der Band, an das sie sich halten muss.«

»Und das von Supertramp?«

»Das war meine Idee. Ich habe Marius gesagt, er soll mit Genosse B. B. sprechen, dem Leiter des Restaurants. Und er hat zu ihm gesagt: ›Genosse Leiter, könnten wir auch mal was anderes spielen? Mit unserem Repertoire da werden wir noch verrückt. ‚Să nu ne despărțim‘ und

,L'arca di Noè' … Haben Sie Mitleid mit uns!‹ Darauf sagte Genosse B. B.: ›In Ordnung. Ich drück beide Augen zu, vielmehr Ohren. Weil ich euch nämlich mag. Aber seht euch vor und enttäuscht mich nicht.‹«

»Meinst du, ›Zabadak‹ steht auf der kurzen Liste?«

»Ceaușescu sagt, dass alles vielseitig entwickelt sein muss – die Industrie, die Landwirtschaft, Wissenschaft, Kunst, das Leben.«

»Paul, was ist denn los mit dir? Du lebst doch deinen Traum. Du bist jetzt ein Prinz.«

»Aber auch Prinzen müssen sich entscheiden. Also, ich bin ein einseitig entwickelter Schlagzeuger. Das ist meine Entscheidung. Und zu der stehe ich. Denn wenn du dir selbst widersprichst, dann ist das schlecht, mein Freund.«

»Ja schon, aber was kannst du denn machen?«

»Heute Morgen bin ich aufgewacht und habe auf mein Schlagzeug gehört –«

»Wie meinst du das?«

»Und es hat gesagt, reise, so viel du kannst.«

»Warum willst du denn reisen? Bist du hier etwa nicht glücklich? Paul, ich glaube, du bist mit zwei Nabelschnüren geboren worden, und die, die mit deinem Vater verbunden ist, hat niemand durchschnitten. Du bist genau wie er, bloß dass seine Witze lustig sind. Also die, die ich gehört habe, sind lustig, und ich wette, die, die ich nicht kenne, sind es auch. Deine aber nicht.«

»Dazu habe ich mich jetzt entschlossen. Ich gehe, Mann.«

»Wohin denn?«

»Weg.«

Mir wurde übel, und ich blieb stehen, um zu kotzen. Dann stolperte ich über etwas und fiel hin.

»Man soll nie Rum auf Bier trinken. Auch nicht Bier auf Wein. Alles gut?«

Wieder kotzte ich.

»Jetzt weißt du's«, sagte er.

»Ich glaub dir nicht.«

»You got to get in to get out. Das ist die Genese von allem, dachte ich. Aber in ist nie out.«

»Paul, gestern habe ich mir eine E-Gitarre gekauft.«

»Was hast du gekauft?«

»Eine E-Gitarre. Ich schwör's. Ohne Namen oder Logo drauf, und sie hat nur einen Pick-up. Aber die ist gut. Und ich kauf mir auch noch einen Verstärker. Und einen Lautsprecher. Paul, ich will doch bloß mit dir spielen. Ich lerne auch viel, wirst sehen. Ich hab schon mit Tonleitern angefangen.«

Das war gelogen, Tonleitern hatte ich nie gemacht, und ich glaube, Paul hat gemerkt, dass es gelogen war, trotzdem blieb er stehen und umarmte mich.

4

Das war am Samstag. Montag war ihr freier Tag. Dienstagmorgen klopfte der Mann vom Empfang an Pauls Tür und sagte ihm, Genosse B. B. wolle ihn sofort sprechen, in seinem Büro. Er hieß Borcea, er trug die Haare mit Brillantine zurückgegelt, deshalb nannten sie ihn Genosse B. B., kurz für Genosse Brillantinierter Borcea.

Paul ging zur Grotte und in Genosse B. B.s Büro. Genosse B. B. erwartete ihn schon, eine Astrachanmütze auf dem Kopf und einen grauen Trenchcoat über den Schultern, und da sagte sich Paul, dass sie ihn ab sofort B. B., King von Astrachan, nennen sollten. Er bat Paul, Platz zu nehmen, bot ihm eine Zigarette an, eine Kent, gab ihm Feuer, wartete, bis Paul inhaliert und wieder ausgeatmet hatte, und fragte ihn dann umstandslos: »Paul, hast du gesagt, dass es zwei rumänische Präsidenten auf der Welt gibt?«

»Wie bitte?«, sagte Paul und hustete.

»Der Witz mit den zwei rumänischen Präsidenten: Hast du den hier erzählt, im Restaurant?«

»Ach, *der* Witz. Ja, glaub schon. Aber nur einmal.«

»Wem hast du ihn erzählt? Egal, ich will's gar nicht wissen. Paul, hör mir mal zu. Ich habe euch nicht nur auf Englisch singen lassen, ich habe auch ein Auge zugedrückt, als jemand mir erzählt hat, dass einer von euch einen unpassenden Witz erzählt hat. Ich habe in dieser Stadt einen gewissen Einfluss, weißt du, weil sehr wichtige Leute hierherkommen. Und ich kann einem den Arsch retten, wenn's in der Familie bleibt. Aber Scherze über unsere vielseitig entwickelte Gesellschaft zu machen, und das vor ausländischen Touristen, das ist heiß. Zu heiß. Das kriege ich nicht geregelt. Ich muss dich raussetzen, Paul. Heute noch. Pack dein Schlagzeug zusammen, geh ins Hotel, pack deine Sachen und ruf deinen Vater an. Sag ihm, er soll dich abholen. Ich will, dass dein Schlagzeug noch heute raus ist, vor vier. Ist das klar? Ich bin persönlich sehr enttäuscht, dass du dich so verhalten hast. Sprich mit niemandem darüber. Und keine Abschiede. Geh einfach.«

Damals saß Mandela noch im Gefängnis, und der Präsident von Südafrika war ein Typ namens Bota, mit einem *t* oder zwei, das habe ich mir nie merken können. Da Bota auch ein rumänischer Familienname ist, könnte man fragen: »Wie viele rumänische Präsidenten gibt es auf der Welt?« Und die Antwort wäre: zwei. Das war der Witz.

Die Goldene Höhle

1

Paul rief ein paar Bekannte an, aber keine Band brauchte einen Drummer. Das Problem war, war man über achtzehn, durfte man nicht arbeitslos sein, außer man war Student, beim Wehrdienst, Rentner oder tot. So war's. Das sollten die Gewerkschaftsführer mal heute studieren, die Geschichte des sozialistischen Rumäniens.

Als Arbeitsloser war Paul eine Art Geächteter. Aber dann gab jemand nach ich weiß nicht wie vielen Wochen Speck einen Tipp – ein kleines Theater hatte eine Lagerhalle, wo es seine Kulissen und Requisiten abstellte, und die brauchten eine Art Aufpasser, jemand, der dort war, falls ein Regisseur hinwollte, um sich die alten Bühnenbilder anzusehen. Das war für jeden hart, und wie konnte ein schlauer junger Mann wie Paul ein Trödelwächter sein?

Doch Dan bestand darauf, dass er es wenigstens mal versuchte; immerhin war es kein Fabrikjob. Schließlich ging Paul zu dem Theater und bekam die Stelle.

Die Halle war in einem alten Viertel Bukarests in einer Straße mit Kopfsteinpflaster. Sie hatte ein gläsernes Vordach mit einem schmiedeeisernen Rahmen, und es war unmöglich zu erkennen, was da vorher war, bevor das Theater sie übernahm. Es gab einen Hauptraum, der sehr hoch und sehr groß war, und drei weitere Räume, die genauso hoch, aber nicht so groß waren. Sie waren voller Möbel aller Stilrichtungen, Teppiche, Türen, Fenster, Vorhänge, Kronleuchter, Spiegel und zahlloser Attrappen – Wände, Kamine, Bäume, Straßenlampen. Wer weiß, in welchem Stück die gestanden hatten. Paul musste morgens um neun Uhr aufmachen und abends um sechs schließen. Das war's. Im Grunde hatte er nichts zu tun. Es gab dort weder Telefon noch Heizung, und es sah absolut verlassen aus. Paul wusste nicht, wer sein Chef war. Man hatte ihm gesagt, er solle sich zweimal monatlich beim Buchhalter des Theaters melden und seinen kümmerlichen Lohn abholen, da er aber bei seinen Eltern wohnte, reichte es als Taschengeld.

2

Damals gab es in den Plattenläden hauptsächlich rumänische und Ostblockkünstler. Bei der Klassik sah es wegen der vielen brillanten sowjetischen Pianisten, Geiger,

Cellisten und Orchester ganz gut aus, beim Rock war die Sache aber anders; Ostblockbands klangen einfach nicht richtig. Auf dem Schwarzmarkt fand man vieles, aber es war nicht billig; für den Preis eines Hendrix bekam man in einem Plattenladen fünf Oistrachs. Irgendwann importierte Rumänien dann einige Rockalben, die von einer indischen Firma nachgepresst waren, und einen Tag lang gab es *Houses of the Holy, Dark Side of the Moon, A Night at the Opera* und *It's Only Rock 'n' Roll* zu erschwinglichen Preisen bei Muzica zu kaufen, dem größten Plattengeschäft von Bukarest. Es muss wie Paris im Mai achtundsechzig gewesen sein. Paul war da noch zu klein gewesen, aber Speck war an dem Tag losgezogen und hatte Paul zwei Platten gekauft (sie hatte nicht viel Geld dabei): die erste Dire Straits und *Dark Side of the Moon* (auch eine Platte mit indischer Musik kaufte sie, weil die indische Firma uns auch indische Musik verkaufte, und bei zwei Rockalben musste man auch eine Platte mit indischer Musik kaufen). Diese zwei Platten plus die eine, die Paul selbst gekauft hatte, viel später, auf dem Schwarzmarkt – *One Size Fits All* von Frank Zappa and the Mothers of Invention –, waren die Krönung seiner Vinylsammlung, die sehr eklektisch war. *La storia del Jazz* (ein Vierfachalbum in der Box), Bobby Solo, Locomotiv GT (eine ungarische Band), Kenny Clarke / Francy Boland Big Band, Procul Harum, Progresiv TM (eine rumänische Band), Alan Parsons' *Eve*, James Browns *Get Up Offa That Thing*, The Temptations (die mit »Papa Was a Rolling Stone«) und John McLaughlins

My Goal's Beyond (wovon Paul, als wir uns kennenlernten, nur noch die Hülle hatte; die Platte hatte er verloren). Einige hatte er geschenkt bekommen, einige selbst gekauft.

Von John McLaughlin hatte ich gehört, dem schnellsten Gitarristen der Welt, aber seine Platten waren eine Rarität, sogar auf dem Schwarzmarkt; ich fragte Paul tausendmal, wie er sie verloren hatte, aber er wusste es nicht mehr. *My Goal's Beyond*: Diese Worte schrieb ich überall hin, auf meine Schulbücher, das Armband meiner Uhr, mein Pult in der Klasse. Irgendwann kaufte ich mir ein weißes T-Shirt und bat einen Klassenkameraden, der Sachen bedrucken konnte, diese Worte daraufzudrucken. Dann trug ich das T-Shirt jeden Tag.

Nach der ersten Woche brachte Paul seine gesamte Vinylsammlung in die Halle, dazu sein Supraphon, ein Stereo-Plattenspieler aus der Tschechoslowakei mit eingebautem Verstärker und zwei abnehmbaren Lautsprechern. Ich ging dann jeden Tag gleich nach der Schule in die Halle, manchmal aber auch erst nach Hause und holte mein Fahrrad. Auch Paul fuhr oft mit dem Rad zur Halle. Dann rauchten und redeten wir und hörten seine Platten. Inzwischen waren uns die Double Horses ausgegangen, also rauchten wir scheußliche rumänische Zigaretten, ohne Filter.

Pauls Lieblingsplatte war Zappas *One Size Fits All*. Kennst Du das Cover? Mann, das ist vielleicht seltsam: ein Sofa, das durch ein gestirntes Universum fliegt. Ist das Rock? Schon, aber Rocksongs heißen nicht »Sofa

No. 1« und »Sofa No. 2«. Auf »Sofa No. 2« singt Zappa auf Deutsch – weil er Gott ist, und da das Universum offenbar ziemlich gut funktioniert, muss sein Schöpfer auch ein deutscher Handwerker sein, dachte jedenfalls Zappa. Er singt mit einem stark rollenden *r*, und Paul sagte, manchmal absichtlich verzögert, aber das habe ich nicht rausgehört.

Nach einer weiteren Woche holte Paul sein Schlagzeug und sagte mir, ich solle meine Gitarre holen. Ich dachte, ich falle in Ohnmacht.

3

»Warum?«

»Um zu spielen.«

»Zusammen?«

»Hast du nicht gesagt, du wolltest zusammen spielen?«

»Ja, schon. Aber, Paul, ich kann doch bloß die Anfangsriffs von ›Mistreated‹.«

»Dann spielen wir eben das. Ich kenne es.«

»Aber die Live-Version.«

»Keine Sorge. Die kenne ich auch.«

»Aber Paul … ich habe gar keinen Verstärker.«

»Das große Radio bei dir im Zimmer. Das hat einen großen Lautsprecher und viele Röhren. Hinten dran müsste es auch einen Eingang haben, wahrscheinlich eine Dreipunktsteckdose. Da brauchst du bloß ein Kabel und den passenden Stecker. Ich glaube, zu Hause hab ich einen. Den geb ich dir. Keine Sorge, ich komme mit dem Wagen meines Vaters und helfe dir damit. Dieses Monster kannst du ja nicht allein schleppen.«

Ich konnte es nicht fassen, dass ich nie auf die Idee gekommen war, mein Radio als Verstärker zu benutzen; als ich wieder Worte fand, sagte ich: »Paul, du hast mich doch nie spielen hören.«

»Na komm, ich will mit dir spielen, und du mit mir. Alles andere ist egal. Und ich glaube nicht, dass du schlecht bist, sondern eher, dass du dir nicht vorstellen kannst, dass du gut sein kannst.«

Paul kam mit dem Škoda seiner Eltern, und damit fuhren wir meine Gitarre und das Radio zur Halle. An dem Tag schenkte er mir auch etwas: einen nagelneuen Satz Saiten Fender Super Bullet, vernickelt. Die müssen ihn auf dem Schwarzmarkt ein Vermögen gekostet haben. Ich ersetzte meine miesen Saiten durch diese vernickelten Wunderdinger, stimmte die Gitarre, schloss sie mit dem Kabel, das Paul mir gegeben hatte, am Radio an (es hatte tatsächlich hinten einen Dreipunkteingang), drehte die Lautstärke auf, nicht ganz voll, aber fast, und wartete darauf, dass die Röhren warm wurden. Paul setzte sich an sein Schlagzeug und sagte: »Dann los, kümmere dich nicht um mich«, und nachdem ich meinen ganzen Mut zusammengenommen hatte, spielte ich die Anfangsriffs von »Mistreated«, vielmehr meine Version davon.

Das sage ich Dir: Das erste Mal, wenn man mit einem Schlagzeuger spielt, vergisst man nie. Meine neuen Saiten waren so leicht und geschmeidig, und meine Gitarre war laut und klang durch die Röhren ein bisschen verzerrt.

Dann spielten wir das ganze Stück. Also, wie lang können ein Schlagzeuger und ein Gitarrist »Mistreated« spielen? Eine Stunde? Zwei? Wir spielten es tagelang; ich jedenfalls dachte, ich könnte ewig so weiterspielen.

Nach ich weiß nicht wie vielen Tagen sagte Paul, ich solle die Saiten nicht ständig so hart anschlagen.

»Wenn du laut anfängst, was kann dann noch kommen? Fang leise an, steigere es und heb dir das Lauteste bis zum Schluss auf. Hey, das ist ja wie, weißt schon.«

»Was?«

»Sex, Mensch.«

»Kapiert.«

»Spiel nicht wie ein Rocker. Rock ist Jungsmusik.«

»Warum ist Rock Jungsmusik?«

»Weil er kein Vorspiel hat.«

»Vorspiel?«

»Ja, Vorspiel. Rock springt dich gleich beim allerersten Takt an. Er wurde von Jungs für Jungs erfunden.«

Und was ist schlimm daran?, wollte ich sagen, tat es aber nicht.

»Ja schon, aber ›Mistreated‹ ist doch Rock, oder?«

»Für mich ist es eher Blues. Jedenfalls sind wir keine Jungs mehr. Also spielen wir eine zwölftaktige Blues-Sequenz.«

Ich sagte, ich wisse nicht, was eine Blues-Sequenz sei, worauf er sagte: »Ganz einfach. Versuch mal E, A und B. Spiel einfach zweisaitige Akkorde. Vier E, zwei A, zwei B und so weiter. Insgesamt zwölf Takte. Das ist eine Blues-Sequenz.« Bevor ich noch etwas sagen konnte, zählte er mit den Stöcken zwei Takte an und legte los, und ich versuchte, so zu spielen, wie er gesagt hatte, und es war Mist, aber das störte ihn nicht.

Dann sagte er, ich solle die Sequenz zweimal spielen, ein 12-Takt-Solo machen und dann die Sequenz noch mal. Ich sagte, ich wisse nicht, welche Noten ich bei einem Solo spielen solle, und er sagte, es sei ganz einfach, weil ich nur fünf Noten nehmen solle – E, G, A, B, D und wieder E.

»Woher weißt du denn das alles?«, fragte ich. »Du spielst doch Schlagzeug und nicht Gitarre.« Er sagte, das wisse er alles von Mr Bumblebee, der Charles Mingus live in Bukarest gesehen habe.

Nach einer Woche konnte ich eine Blues-Sequenz in E spielen, dann ein Solo (wobei ich versuchte, so viele dieser fünf Noten wie nur möglich zu spielen), zurück zur Sequenz, ein Crescendo und am Schluss des Ganzen ein kräftiges, breites Vibrato.

Dann fiel Paul wieder was anderes ein.

»Wenn du dein Solo machst, spiel weniger Noten.«

»Warum?«

»Wir sollten aufeinander hören und aufeinander reagieren, und dafür brauchen wir Platz.«

»Platz?«

»Raum. Ich geb dir Raum und du mir.«

»Paul, du hast gesagt, ich soll nicht zu laut spielen, das war okay, weil ich finde, da ist was dran. Jetzt sagst du mir, ich soll weniger Noten spielen, aber wenn ich weniger Noten spiele, wie sollen dann die Leute wissen, dass ich ein guter Gitarrist bin?«

»Bei Musik geht's nicht darum, wie die Leute dich *finden*, auch nicht, wie *du* dich findest. Beurteile nicht, was du spielst – ah, das ist cool, das ist Mist. Geh drüber raus. Bei Musik geht's weder um Ruhm noch um Hobeln.«

»Worum denn dann?«

»Sieh mal, spiel ein sozialistisches Solo.«

»Was?«

»Ich meine: keine Würste.«

Da lachten wir beide, weil rumänische Gitarristen schnelle Licks »Würste« nannten, und damals waren Würste knapp.

Dann fingen wir mit unserer Sequenz in E wieder von vorn an, und als mein Solo kam, spielte ich weniger Noten, und es war Mist. Und zwar, weil ich nicht synchron war, und gab es eine größere Sünde, als nicht synchron zu sein? Ich dachte, Paul schmeißt mich gleich aus der Halle, aber das tat er nicht.

»Versuch mal, leicht hinter mir zu bleiben. Und sei frei! Hab keine Angst und mach. Mach, Herrgott!«

Die Halle hatte keine Heizung, und es war November und ziemlich kalt, aber das war uns egal. Wir wollten einfach spielen. Paul hatte in der Halle ein Sofa entdeckt, das stellten wir dann hinters Schlagzeug; wir glaubten, das könnten wir in unseren Pausen gebrauchen, aber wir machten gar keine Pausen. Wenn wir dort waren, spielten wir immerzu – er auf seinem Hocker am Schlagzeug, ich vor ihm, stehend. Irgendwo bei seinem Standtom auf einem Stuhl war unser Aschenbecher, eine leere bulgarische Halwadose.

Meine Schulnoten waren ziemlich schlecht geworden, und wenn Mama mich fragte, wie es in der Schule laufe, sagte ich, alles sei gut und dass ich jetzt bei einer Gruppe sei, die was in Zoologie untersuche, und Mama glaubte mir. Auch sonntags waren wir in der Halle, und da sagte ich Mama, ich ginge mit der Gruppe ins Naturkundemuseum.

4

Die Lagerhalle stand in einem Viertel mit vielen alten Häusern, und in manchen waren im Erdgeschoss kleine Läden. Über den Eingangstüren waren alte, handgemalte Schilder, auf denen Cafea oder Delicatese stand, aber jetzt waren alle leer. Oft waren die Ladenbesitzer gar nicht da; in den Läden gab's aber auch nichts zu stehlen. Früher hatten sie mal bulgarisches Halwa verkauft. Doch das bulgarische Halwa war längst verschwunden.

An einem Sonntag, einem grauen Novembermorgen mit tiefen Wolken und so weiter, weckte mich Mama, dann gingen wir beide auf den Markt und kauften so viel Kohl, wie wir tragen konnten. Erst brachten wir ihn in die Küche und legten ihn auf den Fußboden, dann wusch Mama ihn, alles, danach trugen wir beide den ganzen Kohl in die kleine Abstellkammer im Souterrain unseres Wohnblocks, und dort legte Mama ihn in ein grünes Plastikfass mit Salz und Wasser. Dieses sogenannte Sauerkraut sollte bis zum Frühjahr reichen.

Zum Frühstück stellte sie mir eine Scheibe Schwarzbrot und eine Tasse Lindenblütentee hin (als wollte sie mich beruhigen, da sie wusste, dass ich Schwarzbrot nicht ausstehen konnte). Auch einen Suppenlöffel legte sie auf den Tisch, als Einladung, eine Portion Suppe zu essen (wir hatten immer einen großen Topf Gemüsesuppe im Kühlschrank). Ich steckte die Brotscheibe in die Tasche und ging ohne Frühstück; auf dem Schulweg gab ich das Brot den Tauben in dem Park, in dem die Garibaldi-Büste stand. Um eins oder zwei war die Schule aus, dann ging ich gleich zur Halle. Ich weiß nicht, wie Speck das schaffte, aber sie gab Paul eine Stulle als Mittagessen – zwei Scheiben Weißbrot mit zwei Scheiben rumänischer Salami namens salam italian. Paul wartete auf mich, dann teilten wir uns sein Sandwich, jeder eine Scheibe Brot und eine Scheibe Salami. Wir aßen wie zwei hungrige Hunde.

Einmal sagte Paul, als ich in die Halle kam, er habe seine Stulle zu Hause vergessen. Wir spielten die Sequenz zweimal, dann sagte er, meine Finger seien zu zaghaft.

»Ja, zaghaft. Das sollen sie nicht. Lass sie doch spielen, was *sie* wollen.«

Und genau da, nachdem er es gesagt hatte, klopfte es an die Tür, als wären seine Worte eine Art Stichwort gewesen. Wir dachten, es müsse jemand vom Theater sein, der dahintergekommen war, dass Paul in der Halle mit einem Freund Blues spielte, und ihn nun feuern wollte. Ich schaltete mein Radio aus, legte die Gitarre drauf, dann deckte Paul alles – sein Schlagzeug, meine Gitarre und das Radio – mit einem großen Teppich zu, wobei ich nicht begriff, wo er den so schnell herhatte. Dann öffnete er die Tür, und wer stand davor?

Oksana.

Ich war so erleichtert, dass es niemand vom Theater war, dass ich sie am liebsten geküsst hätte. Wir baten sie herein, und Paul sagte: »Setz dich doch«, worauf sie sich auf seinen Hocker am Schlagzeug setzte und sagte: »Boa, das ist ja riesig hier.«

»Ja, nicht?«, sagte Paul. »Und alles gehört uns.«

»Ich hatte mir schon Sorgen gemacht«, sagte sie. »Du bist ohne ein Wort weg … Ehrlich gesagt dachte ich, Genosse B. B. hat dich rausgesetzt, weil ich an dem Abend, deinem letzten in der Grotte, vorm Podium getanzt habe, als ihr den Supertramp-Song gespielt habt. Und alle wussten ja, dass du den spielen wolltest.«

»Keine Sorge, das war's nicht«, sagte Paul. »Sondern weil ich was gesagt habe. Genosse B. B. hat davon gehört und sich aufgeregt. Du kennst ihn ja, ständig regt er sich auf. Aber egal. Woher wusstest du, dass wir hier sind?«

»Mr Bumblebee hat mir deine Nummer in Bukarest gegeben. Ich hab angerufen, dein Vater hat abgenommen, mir die Adresse gegeben und gesagt, ich soll doch mal vorbeischauen. Und da bin ich.«

Sie war noch immer in der Grotte. Nach Pauls Abgang gab es dort drei Wochen lang keine Live-Musik, und

Genosse B. B. brachte sein Tonbandgerät von zu Hause, damit es im Restaurant Musik gab.

»Während jener Wochen waren weniger Gäste da, aber schließlich fanden sie einen Drummer, einen Freund von Mr Bumblebee, der jetzt schon viel früher als vorher betrunken ist, nämlich gleich nach den Bossa Novas. Marius und Peter finden den neuen Drummer nicht besonders, und der betrinkt sich auch, immerhin später als Mr Bumblebee. Und Supertramp spielen sie auch nicht mehr.«

»Leider können wir dir gar nichts anbieten«, sagte Paul. »Also, Kuchen oder so was.«

»Ich hab euch was mitgebracht«, sagte sie und wühlte in ihrem Stoffbeutel. »Da. Frische Eier. Die sind von den Hühnern meiner Großmutter. Die wohnt in einem Dorf, nicht weit von hier. Eigentlich wohne ich ja bei ihr. Ich pendle, aber manchmal bleibe ich auch über Nacht in der Stadt, bei Mariana, die ist auch Kellnerin, aber nicht in der Grotte.«

Sie legte sich vier Eier in den Schoß; jedes war sorgsam in Zeitungspapier eingewickelt, und auf jedem sahen wir verschiedene Teile von Ceauşescus Gesicht. Paul und ich beäugten sie mit einem Funkeln in den Augen. Wir hätten sie gegessen, wie sie waren, samt Einwickelpapier.

»Ich habe sie gekocht«, sagte sie. »Und was Süßes hab ich auch dabei. Da kommt ihr nie drauf.« Und sie zog eine Flasche mit einem Blechdeckel hervor. »Holunderblütensirup. Hat meine Großmutter gemacht.«

Sie drehte den Deckel auf, und was dann geschah, wäre schwer zu wiederholen gewesen. Also, wäre ich ein

Regisseur und würde es gewissenhaft nachbilden, dann würde man mir die totale Übertreibung vorwerfen. Das selbst gebraute Holunderblütengetränk hatte fermentiert und so viel Gas erzeugt, dass der Druck in der Flasche mindestens fünftausend Atmosphären betragen haben muss. Die Flasche flog ihr aus der Hand, und ein Holunderblütenstrahl – nein, kein Strahl, ein Holunderblütengeysir – entlud sich aus der Flasche und durchnässte alles um uns herum, das Sofa, den Fußboden, die Decke – und uns selbst. Ein Hexengebräu, dachte ich. Nur Pauls Schlagzeug und meine Gitarre samt Radio waren verschont geblieben, weil Paul ja den Teppich darübergebreitet hatte. Wahrlich ein Zauberteppich. Als wir dann auf die Flasche sahen, war fast nichts mehr drin, und wir drei waren klatschnass. Oksana hatte eine Blüte in den Haaren, vielleicht eine Holunderblüte, und Paul wollte sie rausnehmen, aber die Haare klebten und auch seine Hand, sodass Blüte und Haare an seiner Hand festhingen, worauf wir uns alle bogen vor Lachen.

5

Nun kam Oksana jede Woche in die Halle, immer dienstags, ihrem freien Tag. Manchmal aber auch sonntags. Sie kam morgens und ging abends wieder. Oft holten wir sie vom Bahnhof ab, selbst wenn wir nicht wussten, mit welchem Zug sie kam.

Jedes Mal hatte sie haufenweise Essen dabei: Eier,

Hühnerbeine, Ziegenkäse und Apfelkuchen. Leute, die auf dem Land lebten, hatten es besser, weil sie Sachen im eigenen Garten anbauen konnten. Wir aßen zusammen zu Mittag, und Paul und ich aßen langsamer und schaufelten uns nicht gleich alles in die Kehle. Dann rauchten Paul und ich, während Oksana uns erzählte, welchen Film sie in der Woche davor im Patria gesehen hatte.

Das Patria war das Kino über der Grotte. Paul und ich waren einmal dort im Foyer gewesen. Im Foyer gab es zwei Kassen: Casa und Casa Protocol, die erste für normale Leute, die andere für die Nomenklatura. Doch das Patria war immer leer. Es zeigte nur rumänische Filme; damals hatte jede Woche ein neuer rumänischer Film Premiere.

Eine junge Absolventin in Bodenfruchtbarkeit hat ihre erste Stelle auf einem Hof angetreten, wo die Getreidefelder nicht genügend Feuchtigkeit haben. Der Agronom des Hofs ist ein Sturkopf, und als sie ihm sagt, sie hätte eventuell eine Idee, eine Quelle zur Bewässerung zu nutzen, hört er nicht auf sie. Dann kommt seine Mutter rein. Sie ist ein kluges Parteimitglied, das erkennt, dass die junge Absolventin und ihr Sohn füreinander bestimmt sind. Am Ende heiraten die beiden, und ihre Kinder spielen im Obstgarten. Das ist so ein Film, wie von Oksana nacherzählt. Sie war der einzige uns bekannte Mensch, der sich solche Filme ansah, und wir zogen sie deswegen immer auf.

»Da kommt nichts Schlechtes drin vor«, sagte Paul. »Deshalb sind sie Mist.«

Worauf sie sagte: »Das Leben ist gut, wenn nichts Schlechtes drin ist. Warum sollen Filme da anders sein?«

Das Patria wurde nie gelüftet. Der Holzfußboden roch nach Ammoniak, und der Ton war grauenhaft. Das wussten wir von Oksana. Es hatte nur einen großen Ausgang, vor dem ein schwerer Samtvorhang hing, den die Platzanweiserin, eine alte Frau, fünf Minuten vor Ende des Films aufzog. Vorhangringe und -stange waren aus Metall, und wenn sie ihn aufzog, sagte ein düsteres Scheppern allen, dass das Ende nahe war. Das war das Einzige, was Oksana störte.

Einmal fragten wir sie, welche Musik ihr gefalle, worauf sie sagte, ihr gefalle ein rumänischer Folksänger, ein Typ mit einer sanften Stimme, den Paul und ich nicht ertrugen. Von da an ließen wir sie erst gehen, wenn wir ihr was vorgespielt hatten. Ich weiß nicht, warum, aber immer, wenn sie da war, spielte ich besser.

Abends brachten wir sie immer zum Bahnhof.

6

Erster Weihnachtstag 1988. Sie hatte uns gesagt, wir sollten sie nicht am Bahnhof abholen; als sie hereinkam, hatte sie fünf Taschen dabei.

»Ich hab einen Paukenerguss.«

»Auch Trompeten?«

»Haha.«

»Wer hat dir das gesagt?«

»Eine Ärztin, die in die Grotte kommt. Dann hat sie mir eine gegeben.«

»Ist das ansteckend?«

»Hör nicht auf den. Der ist genau wie sein Vater.«

»Eine Krankmeldung, das hat sie mir gegeben. Drei Tage.«

Ich ging zu ihr hin, wollte ihr mit den Taschen helfen, doch sie sagte: »Spielt ihr beiden nur mal weiter. Ich muss Sachen erledigen. Und seht nicht her, ich habe eine Überraschung.«

Also plingte ich auf meiner Gitarre, da sagte Paul: »Weißt du, was? Spiel keine Akkorde. Spiel eine Melodie. Spielen wir mal eine andere Melodie, jeder seine.«

»Wir sollen beide gleichzeitig ein Solo spielen?«

»Fane, du weißt doch, dass ich keine Schlagzeugsoli haben muss. Nein, ich meine, zwei Melodien. Ich spiele keinen Groove, sondern eine Melodie.«

»Du spielst eine Melodie?«

»Ja. Trommeln sind gestimmt und haben eine Tonhöhe. Mal sehen, was draus wird.«

»Soll ich was in e-Moll spielen?«

»E-Moll ist gut.«

Paul spielte lauter als sonst, und ich spielte eine hübsche Melodie. Von Oksana her drangen Geräusche, und ich hatte gehofft, meine Melodie würde sie übertönen. Tat sie aber nicht. Vielleicht war sie auch nicht so hübsch gewesen. Jedenfalls war sie traurig gewesen, aber was geht mit e-Moll schon anderes?

»Ich spiele jetzt einen Groove und du eine Melodie

ohne tonales Zentrum. Die Tonalität ist das Haus der Melodie. Spiel mal eine Melodie, die von zu Hause weggeht und nicht wiederkommt.«

»Was meinst du denn mit ›nicht wiederkommt‹?«

»Okay, fang mit e-Moll an, dann wechsle in eine andere Tonalität, sagen wir, a-Moll, aber geh nicht zurück zu e-Moll.«

»Und du?«

»Kümmere dich nicht um mich. Hast du's kapiert?«

»Ja schon, aber warum?«

»Mach's einfach.«

»Ich versuch's. Aber sag nicht, dass ich das *noch mal* spielen soll.«

»Einmal ist besser als immer.«

»Das kapier ich nicht.«

»Halt den Mund und spiel deine Gitarre!«

Ich weiß nicht mehr, was ich da spielte, aber Paul spielte noch lauter. Er begann mit einem normalen Groove, die Achtel auf der Hi-Hat, und wechselte dann zu seltsamen Shuffles, spielte Triolen auf der Snare und öffnete die Hi-Hat, wenn man's am wenigsten erwartete. Ein paarmal haute er so stark auf die Becken, dass ich dachte, sie fallen gleich samt Ständer um. Es war, als triebe er auf einem schnellen Fluss und schaute dabei nach den gefährlichsten Strudeln. Und dann ebbte der Lärm ab, und wir hörten Oksanas Stimme.

»Denkt dran, Musik ist wie eine Pastete. Sie soll geteilt werden.«

Wir sahen sie an und sie uns. Sie zeigte ihr Lächeln,

das schüchtern und verspielt zugleich war. Sie hatte sich umgezogen. Sie trug jetzt ein blaues Kleid mit einem weißen Häkelkragen. Sie stand neben einem Tisch, auf dem nun eine mit fliegenden Störchen bestickte Decke lag. Darauf waren drei Teller, drei Gläser, eine Flasche, ein dreiarmiger Leuchter, nur ohne Kerzen, zwei Tabletts mit Pasteten und eine Platte mit Cozonac, einem Biskuitkuchen. Um den Tisch herum standen drei Stühle.

Wir waren nicht mehr in einer Lagerhalle, wir waren bei jemandem zu Hause. Wäre Frank Zappa reingekommen, Mann, das wäre nicht so ein Schock gewesen. Ich hatte keinerlei Vorstellung, wann sie das alles gemacht hatte und wie es kam, dass wir nichts bemerkt hatten. Auch Paul war sprachlos.

Wir setzten uns an den Tisch, und sie teilte uns Pasteten aus – manche mit Käse, andere mit eingelegtem Kohl. Wir aßen schweigend. Paul füllte die Gläser mit Rotwein, wir stießen an und tranken. Dann gab sie uns einen kleinen Teller mit einer Scheibe Cozonac, und die dicken Scheiben waren wie Teile eines gelben Universums, das von einem Strudel Mohnsamen, Rosinen und Walnüssen bewohnt war.

»Also«, sagte sie, »den Cozonac essen wir aber auf der Veranda«, und zeigte auf Sofa No. 2.

Ungefähr eine Woche davor hatte sie irgendwo in der Halle ein Rattansofa entdeckt und uns gefragt, ob wir es an eine Wand stellen könnten. Paul nannte es »Sofa No. 2« und meinte, das Sofa bei seinem Schlagzeug sei nun »Sofa No. 1«.

»Wie meinst du das, ›auf der Veranda‹?«, fragte er.

»Wirst du gleich sehen. Aber ich brauch eure Hilfe. Kommt.«

Sie ging mit uns in eine Ecke der Halle, in der haufenweise aufgewickelte Leinwände lagen, und auf eine zeigte sie.

»O nein«, sagte Paul.

»O doch«, sagte Oksana.

»Was?«, fragte ich.

»Das ist zu piefig«, sagte Paul. »Wirklich. Echt.«

»Na komm, Paul. Das ist doch eine herrliche Landschaft. Ich hab sie entrollt. Also, ein bisschen.«

»Würdet ihr mir vielleicht sagen, was das alles soll?«, fragte ich die beiden.

»Ich will, dass ihr diese Landschaft da an die Wand hängt«, sagte sie. »Von der Veranda aus bewundern wir dann den Blick.«

Die Leinwand war so schwer, dass wir sie kaum bewegen konnten. Als wir sie abrollten, erschien vor uns ein blauer Fluss, dann kamen grüne Berge mit weißen Gipfeln, und hinter ihnen verbreitete eine aufgehende gelbe Sonne ihre kraftvollen Strahlen über einen wolkenlosen Himmel.

Die Leinwand an die Wand zu hängen war eine Heidenarbeit. Aus ein paar alten Stühlen zogen wir Nägel, holten alle Kisten zusammen, die wir auftreiben konnten, und bauten eine Art Leiter, dann haute Paul die Nägel mit einem rostigen Kohlenbügeleisen in die Wand. Die Lagerhalle war unglaublich, man wusste nie, was man alles darin finden würde.

Wir ließen uns auf das Rattansofa fallen. Wir hatten die beiden Enden der Leinwand nicht vollständig ausgerollt, aber wir waren so kaputt, dass wir es so ließen. Wir aßen jeder ein Stück Cozonac, und nach einer Weile sagte Oksana: »Es wird ein bisschen fröstelig. Gehen wir doch in die Höhle.«

An dem Abend blieb Oksana mit Paul in der Höhle. Der Goldenen Höhle. So nannte sie es.

Als ich nach Hause kam, schlief Mama. Ich ging auf mein Zimmer, um eine Platte aufzulegen. Aber ich hatte ja keine Platte, und ich hätte sowieso keine spielen können. Mein Radio, das obendrauf einen Plattenspieler hatte, war in der Höhle.

März achtundachtzig

1

»Eins habe ich dir nicht gesagt.«

»Was denn?«

»Ich habe Agripina kennengelernt.«

»Agripina?«

»Mann, Oksanas Großmutter.«

»Du hast Oksanas Großmutter kennengelernt?«

»Letzte Woche.«

»Warum das?«

»›Bitte, Paul, ich habe ihr von dir erzählt, und sie möchte dich gern kennenlernen. Sie wird dir einen Apfelkuchen backen, extra für dich.‹ Was blieb mir anderes übrig? Da bin ich mit dem Bus nach Süßdorf gefahren.«

»Nach Süßdorf?«

»So nennt Oksana das Dorf, in dem sie mit ihrer Großmutter wohnt. Süßdorf. Es ist ein trauriges, bedrückendes kleines Dorf.«

»Mann, warum wohnt sie denn bei ihrer Großmutter?«

»Ist kompliziert. Ihre Eltern wollten, dass sie Buchhalterin wird, aber sie wollte nach der Oberschule nur bei ihrer Großmutter leben und ihr helfen. Deshalb hat sie auch die Stelle in der Grotte angenommen, weil das nahe bei Süßdorf liegt. Sie pendelt, wie du ja weißt. Jeden Tag steigt sie herab von den besonnten Feldern der Schönheit in Die Grotte …«

»Und? Wie war's?«

»Agripina hatte vier Bleche Pastete gebacken. Wir haben am Tisch gesessen. Der Tisch war für drei gedeckt, aber nur ich habe gegessen. Und das ganze Haus war voller Deckchen, Makramees, Spitzenvorhänge und bestickter Tischtücher, Tagesdecken, Servietten und was nicht alles. Und so was ertrage ich nicht. Wirklich. Und sie ist die John McLaughlin des Häkelns.«

»Dann hättest du sie eben nicht ansehen dürfen.«

»Die waren überall. Schon am Schlüssel im Türschloss hingen zwei weiße gestrickte Eicheln.«

»Du hättest bloß auf deinen Teller sehen sollen.«

»Das habe ich ja, aber Agripina hat immer weitergeredet: ›Oksanas Mutter, die weiß gar nicht, wie man ein Deckchen macht. Sie ist schon als Mädchen ausgezogen, in die Stadt, hat Twist getanzt, an Lenin geglaubt, ist Parteimitglied geworden und hat geheiratet. Zu ihrer Hochzeit habe ich ihr zwölf Deckchen geschenkt. Zwölf runde Spitzendeckchen, jedes mit einer Seidenblüte in der Mitte, jede in einer anderen Farbe. Meine beste Arbeit. Erst haben sie ein kleines Zimmer gemietet, und meine Deckchen hat sie in einem Koffer gelassen. Dann hat die Partei ihnen eine kleine Wohnung in einem neuen Block gegeben, darauf hat sie mir elf von meinen Deckchen zurückgegeben. Sie hat gesagt, sie kann bloß eines behalten, weil sie nicht genug Möbel haben. Dasjenige, das sie behalten hat, hat sie auf den Fernseher gelegt und so ein Nippesding draufgestellt, mitten auf die Blüte. Erst einen Tiger, dann eine Ballerina. Die sind so schnell kaputtgegangen.‹ Fane, da ist mir ein Stück Kuchen im Hals stecken geblieben. Oksana hat mir auf den Rücken geklopft, und Agripina hat weitergeredet. ›Irgendwann hat sie mir auch das zurückgeschickt, das Deckchen, das sie auf den Fernseher gelegt hat, und ehrlich gesagt war ich ganz froh, dass das verlorene Deckchen wieder zu Hause war. Aber dann dachte ich, was wird aus meinen zwölf Deckchen, wenn ich mal nicht mehr bin? Werden sie je wieder getrennt sein?‹ Dann sind wir in ihr Schlafzimmer, und da hat sie sie auf dem Bett ausgelegt, alle zwölf.«

»Waren sie hübsch?«

»Ich hab dir doch gesagt, ich ertrage so was nicht.«

Es dauerte keine Woche, dann trafen sechs Makramees in der Höhle ein.

2

»Ich habe ihn gebeten, mir Eugenias zu kaufen«, sagte Oksana. »Ich war in der Straßenbahn, da ist eine Frau eingestiegen, die eine gegessen hat. Sie war aus einem kleinen Geschäft im Bahnhof. Ich hatte eine Pastete dabei, eine Käsepastete, die im Mund schmilzt, aber ich musste immerzu an diese Eugenias denken, also habe ich Paul gebeten, mir eine zu kaufen. Eigentlich vier.«

Eugenias waren eine der letzten Süßigkeiten, die man damals noch bekam, zwei Biskuitteile mit Creme dazwischen.

»Ich hätte ja aussteigen und mir selbst welche kaufen können, aber ich wollte so schnell wie möglich hier sein, weil ich eine tolle Überraschung für Paul habe. Ich habe ihm nichts gesagt. Das mache ich, wenn er kommt. Es ist eine Überraschung.«

In Galerien und Museen wird Licht – natürliches oder künstliches oder eine Kombination aus beidem – auf Gemälde gerichtet, aber manchmal verströmt das Gemälde es auch selbst. So ist es mit dem Bild von Oksana, als sie sagte: »Und jetzt kann ich es nicht erwarten, dass er kommt« – einer der Schätze in der Pinakothek meiner Erinnerung.

»Was gibt's Neues von der Grotte?«

»Gestern ging ein Kellner am Tisch der Band mit zwei schweren Tabletts voller Platten, Gläsern und Flaschen vorbei, und er sagte zu Mr Bumblebee: ›Verdammt, sind die schwer‹, worauf Mr Bumblebee auf einen Tisch zeigte, an dem eine schwangere Frau saß, und sagte: ›Und du beschwerst dich?‹ Das ist das Schlimmste, was ich überhaupt je gehört habe. Er muss betrunken gewesen sein.«

Dann sah ich sie. Die Makramees. Auf den Trommeln und Becken lagen dicke Makramees – geknüpfte Kreise aus einem Garn, das wie Mohair aussah. Jedes hatte eine andere Farbe. Grün, Blau, Rot, Gelb, Beige und Orange. Sogar auf der Hi-Hat lag eins, das orangefarbene.

»Ist das die Überraschung?«

»Gefallen sie dir? Jetzt mal ehrlich, gefallen sie dir?«

»Was hat Paul dazu gesagt?«

»Er hat sie noch nicht gesehen. Ich habe sie erst draufgelegt, als er schon weg war.«

»Die sind ja irre, das muss ich sagen.«

»Die sind auch eine Überraschung. Aber nicht die große.«

Dann ging die Tür auf, und Paul kam rein. Er sah die ganzen Makramees und verzog das Gesicht. Er gab Oksana vier Eugenias und ging auf die Veranda, starrte versteinert auf die Berge und den Fluss vor ihm. Es war ein beklommener Moment.

Ich sagte, ich müsse für den nächsten Tag einen langen Aufsatz schreiben, und ging.

3

Am nächsten Tag war Paul launisch, und auf den Trommeln lagen noch die dicken Makramees.

»Was war denn die große Überraschung?«

»Was meinst du?«

»Oksana hat gesagt, sie hätte noch eine Überraschung für dich, außer *denen* da.«

»Keine Ahnung. Sie hat nichts gesagt. Ich habe sie verärgert, weil ich bei ihrem Anblick keine Luftsprünge gemacht habe. Oksana hatte ihrer Großmutter nicht gesagt, dass ich Wachmann in einer Lagerhalle bin. Sie hat ihr erzählt, dass ich in der Verwaltung eines Theaters arbeite und ich in meinem Bürozimmer zwei kleine runde Schreibtische habe, für Papiere und Drehbücher, und dass sie klein und rund sind, meine Schreibtische, weil das in Theaterbüros jetzt modern ist. Das hat Agripina geschluckt und dann gesagt: ›Dann mache ich ein paar Makramees für die Schreibtische und die Drehbücher, damit sie nicht staubig werden. Miss sie doch mal ab.‹ Und Oksana darauf: ›Ach, das hab ich schon gemacht, hier. Und die werden tatsächlich staubig.‹ ›Na, selbstverständlich‹, sagte Agripina, ›wo Ceaușescu ja halb Bukarest abgerissen hat.‹ Fane, ich dürfte wohl der einzige Drummer der Welt sein, dessen Schlagzeug mit Makramees abgedeckt ist.«

»Paul, die kannst du nicht zurückgeben. Das geht einfach nicht. Die sind ein Geschenk.«

»Und jetzt will sie hier eine Party machen.«

»Wer, Agripina?«

»Nein, Oksana. Eine Party mit Speck.«

»Bringt Oksana den Speck?«

»Nein, ich. Speck, meine Mutter. Sie will meine Eltern kennenlernen. Nächsten Mittwoch.«

»Warum denn nächsten Mittwoch?«

»Das ist der achte März. Der Tag der Frau.«

»Mit Speck und Dan?«

»Ja, weil sie es so noch nicht kennen, mit der Veranda und dem Fluss.«

»Und?«

»Ich habe ihr gesagt, dass meine Mutter meinen lieben Vater am Tag der Frau nicht aus dem Haus lässt.«

»Warum das?«

»Weil er am Tag der Frau gern patriotische Gedichte rezitiert, die der Genossin Akademikerin Doktorin Ingenieurin und Ersten Vizepremierministerin Elena Ceaușescu gewidmet sind. Unserer Ur-Mutter.«

»Was?«

»Ich schwör's. Kein Scherz. Wirst sehen.«

4

Liebreiche Mutter!

Ich, ein stolzer kleiner Falke dieses stolzen großen Landes,

weiß, es gibt nur eine Mutter.

»Sei still, du blöder Idiot! Wir kennen diesen Witz, den kennt doch jeder. Sei still, sonst werden wir noch alle verhaftet!«

Dan war auf einen Stuhl gestiegen und hatte mit hoher Stimme ein improvisiertes Gedicht begonnen.

Aber, liebreiche Mutter,
im Kühlschrank ist nur ein Fleischklops.
Nur einer noch, Mutter!

Pirat bellte ihn an, Oksana errötete und schlug die Hände vor den Mund, Speck versuchte, den Rollladen am Fenster runterzulassen, und Dan wurde zu einem Plattenspieler, dessen Nadel an einen Kratzer stößt und immer wieder zurückspringt und ständig dasselbe wiederholt:

Nur einer noch, Mutter!
Nur einer noch, Mutter!
Nur einer noch, Mutter!

Paul kam zu mir und klatschte in die Hände. Er wollte, dass ich was mache, aber ich wusste nicht, was. Eins, zwei, drei, eins, zwei, drei. Dann sagte er: »Du-du-duu.« O Gott, was war ich doch dumm, ich sollte auf den Leadsänger antworten. Was ich dann tat.

Nur einer noch, Mutter!
Du-du-duu.

Nur einer noch, Mutter!
Du-du-duu.

Speck hatte es endlich geschafft, den Rollladen runterzulassen (die massiven Holzlatten hatten sich verkeilt), und ließ sich aufs Sofa No. 1 fallen; sie wirkte krank. Kein Schimmer von draußen gelangte durch die Latten. Paul hatte sich zu mir gestellt. Wir waren nun eine Swingstimme: »Du-du-duu«. Dann nahm er mich und Oksana an der Hand und zerrte uns um das Schlagzeug; Pirat verbellte uns. Und Paul sagte: »Los, Herrgott! Los!« Er war zu einem Drachen geworden und wollte, dass wir sein Schwanz werden. Was wir taten. Oksana trug eine große, weite Bluse, die wie ein Musketierhemd aussah, dazu einen weiten, langen braunen Rock. Aber dann blieb sie stehen und beugte sich vor, von dem ganzen Kreisen war ihr wohl übel geworden, und ich stieß gegen etwas – meine Augen waren nicht so gut, und ich hatte die Brille zu Hause gelassen. Paul hatte sich von uns gelöst, und nun glitt sein Schatten den Fluss entlang. Der Himmel war wolkenlos, die Berge am anderen Ufer waren grün. Wir hatten die beiden Enden der Kulisse nie ganz entrollt, daher wirkte sie wie eine Rolle, auf der der Fluss einer Wicklung entsprang und in die andere floss.

Das war das letzte Mal, dass wir alle zusammen waren.

Das Eiserne Tor

1

Kurz danach sagte Paul allen, er werde am nächsten Tag nach Konstanza fahren, einer Stadt am Schwarzen Meer, um mit einem Freund von Marius zu sprechen, einem Keyboarder namens George, der dort in einem Restaurant spielte. Einige Tage vergingen, ohne dass wir von Paul hörten.

Nach drei Tagen telefonierte Dan sämtliche Restaurants von Konstanza ab, um mit George dem Keyboarder zu sprechen, aber jedes Mal erhielt er die Antwort, dass es in diesem Restaurant keinen Keyboarder dieses Namens gebe. Da machten wir uns alle große Sorgen. »Paul, wo du auch bist, komm zurück«, sagte ich im Geist zu ihm in der Hoffnung, er höre meinen Ruf telepathisch. Ich war wie der Schwarze in *Shining*, aber Paul hörte meinen

Ruf nicht. Vielleicht ja doch. Nur Speck bewahrte die Ruhe. Jedenfalls bereitete uns nichts auf das vor, was dann passierte.

2

Etwa einen Monat später rief Paul Speck und Dan aus Belgrad an. Es war ein kurzes Gespräch. Er sagte, er sei durch die Donau geschwommen und habe es bis ans jugoslawische Ufer geschafft, wo eine Patrouille ihn festnahm. Er sei jetzt politischer Flüchtling unter dem Schutz des UN-Flüchtlingshochkommissars.

An dem Tag war ich dann bei Speck und Dan. Speck hatte mich angerufen, am Telefon aber nichts weitererzählt. Sie war ruhig und erleichtert. Dan zitterte.

»Hör auf zu zittern, er ist jetzt in Sicherheit.«

»Wo ist er denn durch die Donau? Beim Eisernen Tor? O Gott, allein schon der Name macht mir Angst.«

»Ist doch egal, wo er rüber ist. Er ist jetzt in Sicherheit.«

»Dann muss er ja mit dem Zug und weiter mit dem Bus gefahren sein, um in ein Dorf am Donauufer zu kommen. Aber in diesen Dörfern wimmelt's doch von bewaffneten Soldaten, die halten jeden mit einer Tasche oder einem Koffer an. Glaubst du, Paul hatte eine Tasche dabei?«

»Ja, mit einem Schwimmring drin.«

»Ob er mit einem Führer gesprochen hat? Ohne einen Führer kommt man da doch gar nicht ans Ufer, und Führer sind nicht billig. Woher hatte er denn das Geld?«

»Was weißt du schon von Grenzführern.«

»Weißt du noch, wie wir auf der Hochzeit meines Cousins waren? Als wir in sein Dorf kamen, hat uns eine Gruppe Betrunkener angehalten. Erinnerst du dich? Die haben gesagt, sie seien Verwandte des Bräutigams und wir müssten ihren Pflaumenschnaps probieren. Und wenn Paul nun in einem kleinen Dorf aus dem Bus stieg und auf eine Hochzeitsgesellschaft traf und die Freunde der Braut ihn zwangen, ihren grässlichen Pflaumenschnaps zu trinken? Allmächtiger, wie kalt ist die Donau denn jetzt? Ich glaube, die ist so kalt, dass man sie nicht mal mit einer Flasche Pflaumenschnaps intus durchschwimmen kann.«

3

Man konnte es über die Grenze zu Ungarn oder Jugoslawien versuchen. Manche suchten sich einen Führer, andere vertrauten nur Karten und Kompass. Manche versuchten ihr Glück allein, andere in Grüppchen. Es hieß, wenn man vorher seine Stiefel in Benzin tränkte, könnten die Hunde nicht die Fährte aufnehmen.

Man konnte erschossen werden. Oder von einer rumänischen Patrouille erwischt werden. Schnappte einen eine rumänische Patrouille, landete man im Gefängnis, und dort betete man dann den ganzen Tag, dass man an Ceauşescus nächstem Geburtstag begnadigt würde. Während jener Jahre wurden an Ceauşescus Geburtstag

Tausende und Abertausende Häftlinge begnadigt und freigelassen, sogar manche, die versucht hatten, illegal die Grenze zu überschreiten. Es gab unterschiedliche Geschichten darüber, was passierte, wenn einen eine ungarische oder jugoslawische Patrouille aufgriff. Manche wurden zurückgeschickt, manche nicht.

Wie kalt die Donau wohl war? Als Kind trug ich von November bis April eine Wollmütze und über Mund und Nase einen Schal, und Mama stopfte mir Watte in die Ohren. In jener Nacht ging ich in die Küche, füllte eine Flasche mit Leitungswasser und stellte sie in den Kühlschrank. Nach fünf Minuten holte ich sie raus, ging damit ins Bett und legte sie mir auf die Brust. Länger als drei Sekunden hielt ich es nicht aus. Paul muss über die Donau hinweggeglitten sein. In jener Nacht träumte ich, ich sei am Donauufer. Niemand war da, nur ein riesiger Pfau, der ein Rad schlug.

Am nächsten Morgen hatte ich den Drang nach etwas Süßem, aber ich bekam nur in einem kleinen Kaufladen Traubenzuckertäfelchen, eine Art Nahrungsergänzung für Sportler. Ich kaufte eine Packung und aß alle auf. Danach hatte ich das Gefühl, ich könnte einen Trolleybus antreiben, wenn ich seine Oberleitung in den Händen hielt. Aber ich wollte gar keinen Trolleybus antreiben. Ich wollte Paul zurückholen.

4

Ich rief Oksana in der Grotte an. Agripina hatte kein Telefon. Ich sagte ihr, wir müssten reden. Wir trafen uns dann abends in der Höhle.

Als ich sagte, Paul sei über die Donau, brach sie in Tränen aus. Das Schlagzeug war noch immer mit Agripinas Makramees bedeckt.

»Hat er seinen Eltern eine Adresse genannt?«

»Eine Adresse? Warum? Also ja, doch, eine Adresse. Speck müsste sie haben.«

»Hat er dich angerufen?«

»Natürlich nicht. Alle Anrufe aus dem Ausland werden aufgezeichnet oder direkt abgehört. Er wird mich nicht anrufen, weil er uns nicht in Gefahr bringen will. Und du hast ja kein Telefon.«

»Hast du's gewusst?«

»Ich? Nein, verdammt. Ich glaube, er hat niemand was davon erzählt. Das heißt, er hat mir doch was erzählt, in der Grotte.«

»In der Grotte? Was hat er dir erzählt?«

»Ich finde, wir sollten uns für ihn freuen. Ich sag dir eins: Als siebenundsiebzig das Erdbeben losging, lag einer, der fließend Deutsch sprach, im Bett, und als alles im Zimmer runterfiel, hatte er einen Geniestreich –«

»Hat er dir gesagt, dass er wegwill?«

»– und der Typ nimmt seine Autoschlüssel, fährt in Pantoffeln und Schlafanzug zum Flughafen und –«

»Wann hat er's dir gesagt?«

»Weiß ich nicht mehr. Lange her. Jedenfalls geht der Typ gleich zur Passkontrolle und schreit auf Deutsch rum. Er erzählt ihnen, er ist deutscher Staatsbürger, er hat in einem Hotel gewohnt, das zusammengebrochen ist, dass er alle seine Sachen verloren hat, den Pass, alles, und dass er in die nächste Maschine nach Deutschland muss, weil er Diabetiker ist und ein schwaches Herz hat und dass er stirbt, wenn er kein Insulin kriegt.«

»Warum hast du mir das nicht erzählt?«

»Und so hat er weitergeredet, auf Deutsch, die ganze Nacht durch, und am nächsten Morgen haben sie ihn in einen Flieger nach Frankfurt gelassen. In Pantoffeln und Schlafanzug. Ist das zu fassen? Oksana, der wird mal ein großer Drummer. Das ist sein Traum.«

»Und was ist mit meinem Traum?«

»Und er wird nach Bukarest zurückkommen und ein Konzert geben.«

»Bestimmt. Und er wird zwei Basstrommeln haben, und in die steckt er uns dann an der Grenze.«

»Uns? Oksana, *uns*?«

»Gott, wie konnte ich bloß so blöd sein? Eine Kellnerin, die bei ihrer Großmutter wohnt.«

Sie stand auf. Wir hatten beide auf Sofa No. 2 gesessen. Sie öffnete die Hand, und darin lag der Schlüssel zur Höhle. Paul hatte ihr einen Zweitschlüssel gemacht. Sie legte ihn auf das Makramee, das die Snaredrum bedeckte, und rannte raus, aber sehr schnell konnte sie nicht rennen.

5

An dem Abend brachte ich meine Gitarre und das Radio nach Hause. Ich musste eine Straßenbahn und einen Trolleybus nehmen, und das Radio war so schwer wie ein Eisernes Tor. Ich war erst spät zu Hause, daher stellte ich sie im Wohnzimmer ab: das Radio neben den Fernseher auf eine alte Kommode und die Gitarre dahinter.

Tags darauf ging ich nach der Schule wieder zur Höhle. Ich wollte Pauls Schlagzeug und seine Platten einpacken, aber das Schloss war ausgewechselt. Ich ging zu Speck und Dan, um ihnen zu sagen, dass das Schloss ausgewechselt war und Pauls Schlagzeug noch drin war samt seinem Supraphon und den Platten, aber die hatten größere Probleme. Man hatte ihnen mitgeteilt, dass sie ab sofort im unbezahlten Urlaub seien. Waren sie Parteimitglieder? Ich weiß es nicht. Das hätte die Sache verschlimmert. Ich wollte zum Theater und mit jemandem dort sprechen und das mit Pauls Schlagzeug und den Platten erklären, aber dafür hatte ich zu sehr Angst.

6

Der Flüchtling im gestreiften Schlafanzug. Ich hätte nie geglaubt, dass die Geschichte von dem Typen, der in Pantoffeln und Schlafanzug ein Flugzeug nach Frankfurt bestieg, wahr war. Und doch war sie es.

Einmal, in den siebziger Jahren, erhielt der Frontmann einer rumänischen Rockband die Erlaubnis, ein Mädchen aus dem Westen zu heiraten, und er ging, ganz legal. Dann merkte er, dass es ohne seine Band nicht ging, also kehrte er mit einem Laster voller Verstärker und Lautsprechergehäuse, manche richtig groß, nach Rumänien zurück, wo er und seine Band sich für ein paar Konzerte wieder zusammentaten. Nach dem letzten Konzert, er wollte mit seinem Laster gerade wieder abfahren, sagte er zu seinen Bandkollegen: jetzt oder nie. Einige der riesigen Gehäuse, die er mitgebracht hatte, waren leer. Sie enthielten keine Lautsprecher. Und in denen wollte er sie verstecken. Er hatte das Ganze geplant, erzählte ihnen davon aber erst kurz vor der Abfahrt. Doch ein Bandkollege war nicht da, und sie konnten nicht auf ihn warten, also würde ein Gehäuse unbesetzt bleiben, und da beschloss der Frontmann, diese Gelegenheit einer Freundin anzubieten, die schwanger war und in Deutschland gebären wollte. Vor der Grenze gab er ihnen noch Valium und steckte sie alle, einschließlich der Schwangeren, in die leeren Gehäuse. Der Laster fuhr über eine Donaubrücke bei dem Wasserkraftwerk am Eisernen Tor und gelangte nach Jugoslawien. Von dort aus erreichten sie Deutschland. Toller Frontmann. Glückliche Schwangere.

Es gibt nichts, was du nicht kannst

Speck

Ich weiß nicht, wie ich es schaffte, mein Schuljahr zu überstehen. Plötzlich war Juli. Es war ein heißer Sommer. Die meiste Zeit war ich in meinem Zimmer, lag auf dem Bett, das Fenster offen, und horchte auf das Geplapper alter Frauen, die vorübergingen, über den Dill redeten, den sie gekauft hatten, oder über ihre Enkelinnen: »Ach, die ist richtig schön, könntest du nur die Fotos sehen …« Manchmal klingelte in einer Wohnung in der Nähe ein Telefon, das niemand abnahm, weil alle bei der Arbeit waren oder Dill kauften.

Ich rief bei Virgil an. »Der ist in den Ferien«, sagte mir eine tiefe kehlige Stimme; es war wohl sein Vater.

Ich ging zu einem See in der Nähe, wo Jungs und Mädchen in der Sonne lagen und badeten. Das Wasser war trüb, aber der See war beliebt. Dann lief ich einem Klassenkameraden über den Weg, wir kauften zwei Bier in Halbliterflaschen und setzten uns auf eine Bank. Mein Bier schmeckte nach Sonnenblumenöl, aber ich sagte nichts. Bier und Sonnenblumenöl wurden in dunklen Flaschen verkauft, grünen und braunen, Liter oder Halbliter. Die Flaschen wurden wiederverwendet, und manchmal waren sie nicht ordentlich gereinigt, und es konnte passieren, dass man das Bier in einer Flasche bekam, in der vorher Sonnenblumenöl gewesen war.

An einem anderen Tag ging ich dann Speck und Dan besuchen. Speck machte mir auf, und ich sah gleich, dass sie mitten in einer großen Putzaktion war. Die Tür zu Pauls Zimmer war angelehnt, und sie wollte gerade mit allen Teppichen im Haus zu der Teppichstange im Hinterhof. Sie war noch immer im unbezahlten Urlaub, hatte aber ein paar Privatpatienten. Dan war nicht da. Er war nicht mehr im unbezahlten Urlaub; man hatte ihn gezwungen, eine Arbeit anzunehmen, die weit weg war, außerhalb von Bukarest. Paul ging's gut, einigermaßen. Sie wussten nicht viel darüber, was er in Belgrad machte.

Sie bot mir ein Glas Pflaumenschnaps an (aus Dans speziellem Vorrat) und fragte mich, was ich so vorhabe. Ich hatte gar nichts vor, aber sie bestand darauf, dass ich ihr etwas über mich erzählte, und da fiel mir bloß ein, dass ich am Ende des Schuljahrs fast in Geschichte durchgefallen wäre. Der Geschichtslehrer hatte mich Sachen über Heinrich VIII. gefragt, und über den wusste ich nur, dass er sechs Frauen hatte, und *das* wusste ich auch nur, weil ein Klassenkamerad mir mal eine Rick-Wakeman-Platte geschenkt hatte, *The Six Wives of Henry VIII.* Also erzählte ich dem Geschichtslehrer, dass Heinrich VIII. sechs Frauen hatte, und versuchte, mich an das erste Stück auf Wakemans Album zu erinnern, konnte es aber nicht, sodass ich sagte: »Seine erste Frau war Kastilia von Aragon.«

Speck meinte, das sei eine tolle Geschichte, dann holte sie einen großen Atlas, schlug ihn auf und zog ein Schwarz-Weiß-Foto heraus, ein Foto von Paul, als er bei der Armee war. Er trug Uniform. Einen schweren Mantel und auf dem Kopf ein Schiffchen; auf dem Schiffchen war ein Abzeichen mit dem Wappen der Sozialistischen Republik Rumänien darauf.

»Er hat mir nie erzählt, wie es bei der Armee war«, sagte ich. »Ich weiß bloß, dass er nur neun Monate dabei war statt der üblichen sechzehn.«

»Oder vierundzwanzig, falls man zur Marine muss. Da lohnt es sich, an die Uni zu gehen, weil man dann nur neun Monate Militärdienst machen muss. Merk dir das, Fane. Jedenfalls fand er es wunderbar dort. Anfangs war er ein Janitschar.«

»Ein Janitschar? Aber Janitscharen waren doch die Wachen des Sultans.«

»Du bist ja doch nicht so schlecht in Geschichte.«

»Sehr freundlich.«

»Dan fuhr ihn zu seiner Kaserne. Ich brachte sie zum

Wagen, und bevor sie losfuhren, machte Dan das Autoradio an. Und was glaubst du, was für ein Song da lief? ›Waterloo‹. Von Abba. Sie lachten, aber Dans Augen wurden feucht, und ich sagte: ›Keine Sorge, alles ist möglich.‹ Und tatsächlich, nachdem sie ein paar Wochen lang mit neuen Stiefeln marschiert waren, bekam Pauls Kaserne die Anfrage, ob sie Statisten für eine Schlachtszene zwischen den Ottomanen und den Walachen liefern könnten, die Szene solle für einen Dokumentarfilm sein. Und Paul hatte Glück, er kam zu den Janitscharen.«

»Warum hatte er Glück? Gewannen die Ottomanen die Schlacht?«

»Nein, er hatte Glück, weil die Walachen auf einem Berg komplexe taktische Manöver einüben mussten, während die Ottomanen ein gutes Leben hatten, sie dösten und rauchten die meiste Zeit. Jedenfalls verbrüderten sich die beiden Armeen auf der Party nach Drehschluss, und da waren auch Kinder, und die wunderten sich, dass die Helden aus ihren Geschichtsbüchern jetzt mit ihren Feinden Bier tranken. Auf der Party lernte Paul einen jungen Leutnant kennen, der den Auftrag hatte, ein kleines Orchester zusammenzustellen, und der mochte Paul und bot ihm die Stelle des zweiten Perkussionisten an. Das war Pauls Lehrzeit. Man muss es sich nur vorstellen.«

»Sich vorstellen?«

»Weißt du, Fane, ich bin im Waisenhaus groß geworden. Dort hat man mich ausgesetzt, als ich noch ganz klein war. Niemand hat mir gesagt, wer meine Eltern waren oder wann genau ich geboren wurde. Die Verwalterin des Waisenhauses war eine alte Dame. Sie hat dort gewohnt, genau wie wir, aber ihr Zimmer hatte keine Tür, nur einen Perlenvorhang. Eine Tropfenkaskade aus Licht. Einmal bin ich nachts weinend zu ihr. Sie rauchte hinter ihrem Vorhang, und sie fragte mich, warum ich weine, und ich sagte, weil ich eine Mama will. Sie hat gesagt, ich soll reinkommen. Auf ihrem Tisch lag ein Kartenspiel, da hat sie eine Karte rausgezogen und gesagt: ›Stell's dir vor, und es geschieht. Es gibt nichts auf der Welt, was du dir nicht vorstellen kannst. Mach's wie ich. Ich habe alles, was ich brauche.‹ Und 1942, als der Leiter des Waisenhauses mir sagte, dass ich sechs bin, hat man mich adoptiert. Siehst du?«

»Wer hat Sie adoptiert?«

»Eine Jüdin. Eine Witwe. Sie war ein Jahr davor ins Waisenhaus gekommen, mit ihrem Mann. Sie mochte mich, aber ihr Mann wollte ein jüdisches Kind adoptieren. Das hatten sie aber nicht, also gingen sie ohne eines wieder. Sie hatten niemand gesagt, dass sie Juden waren, weil Rumänien damals mit Deutschland verbündet war, deshalb hatten sie normale rumänische Namen angenommen. Das alles habe ich erst viel später erfahren. Jedenfalls kam sie dann 1942 wieder, diesmal allein. Ihr Mann war gestorben. ›Er ist vom Balkon gestürzt‹, sagte sie zu dem Leiter des Waisenhauses. ›Es war ein dummer Unfall. Einmal flogen große Bomber über Bukarest, und er betete zu Gott, dass er sie nach Ploieşti leitet, damit sie dort die Ölfelder und Raffinerien bombardierten, und tatsächlich flogen die Bomber nach Ploieşti, und er hat sich so gefreut, dass Gott das Gebet eines kleinen Mannes wie ihm erhört hatte. Ein paar Wochen danach ist er dann vom Balkon gestürzt. Ich sage dir, Gott hat ihn nicht bestraft, weil er ihn bat, er soll die amerikanischen Bomber woandershin leiten, damit sie ihre Bomben anderen Leuten auf den Kopf warfen. Er hat ihn bestraft, weil ich dieses arme Mädchen adoptieren wollte und er nicht.‹ Damit war ich gemeint. Nachdem sie die Papiere unterschrieben hatte, nahm sie mich beiseite und sagte: ›Nenn mich Mami Ala.‹ Sie war klein, dick und sehr nett, und es tat mir leid, dass ihr Mann gestorben war, obwohl er mich nicht hatte adoptieren wollen. Bevor wir gingen, wollte ich mich noch von der alten Verwalterin verabschieden, aber sie war nicht in ihrem Zimmer. Also ging ich mit der ganzen unerklärten Dankbarkeit in mir, die noch über meine Begriffe hinaus anwuchs, als ich mein neues Zuhause sah: eine große Vierzimmerwohnung in einer herrlichen Villa. Eines der Zimmer war meins, und in der Küche war ein Schrank voller Gläser mit Marmelade. Kirschmarmelade. Du siehst also, die alte Verwalterin hatte recht gehabt. Es gibt nichts auf der Welt, was du nicht kannst. Und das habe ich Paul immerzu gesagt, seit er auf die Welt kam.«

Sie warf noch einen Blick auf Pauls Foto mit dem Schiffchen und so weiter, dann legte sie es in den großen Atlas zurück. »Komisch«, sagte sie. »Jedes Mal lege ich ihn in einen anderen Teil der Welt.«

Der Rosengarten

Mein liebster Freund,

wie geht es Dir? Wie geht es Oksana?
Seit man mich aus dem Gefängnis entlassen hat, wohne ich in diesem Motel. Sag meinen Eltern nicht, dass ich im Gefängnis war. Das Motel heißt 1000 Ruža; ich mag das kleine Zeichen überm *z*. Es bedeutet 1000 Rosen. Ich nenne es den Rosengarten. Es liegt südlich von Belgrad, und es gibt weit und breit keine Rosen. Der Rosenlose Rosengarten. Dafür gibt's eine ganze Menge Bäume, meistens Kirschbäume, und die blühen gerade. Jeden Abend mache ich das Fenster auf, rauche wie ein Türke und betrachte sie. Mit dem Rauchen habe ich angefangen, als ich in der Armee war … Das war so eine friedliche Zeit. Aber egal. Hinter den Kirschbäumen ist eine Mauer, an der eine riesige Glyzinie hochgeklettert ist. Der Mann am Empfang hat gesagt, letzten Sommer hat es dort Glühwürmchen gegeben. Ist man nachts raus, sind sie um einen rumgeflogen.
In die Donau bin ich mit einer Luftmatratze. Wie man sie halt am Strand dabeihat. Es war so kalt, ich dachte, mir gefriert das Blut, aber dann habe ich eine Strömung erwischt, die nicht ganz so kalt war. Es war, als wäre ich in einen Fluss gestiegen und würde dann auf einem anderen treiben. Irgendwann hörte ich dann das Geräusch eines Patrouillenboots, und da dachte ich,

jetzt haben sie mich bestimmt gesehen und schießen gleich auf mich. Aber das haben sie nicht. Anscheinend gibt es eine Vorschrift: Eine Grenzwache darf auf einen Flüchtling nur schießen, wenn die Flugbahn der Kugel parallel zum Fluss verliefe. Angenommen, Du bist ein rumänischer Grenzer in einem Patrouillenboot und siehst einen, der Richtung jugoslawisches Ufer schwimmt: Du darfst nicht auf ihn schießen, wenn er zwischen Dir und dem jugoslawischen Ufer ist, weil Du ihn verfehlen und versehentlich einen jugoslawischen Grenzer töten könntest. Entscheidend ist die Flugbahn.

Wo war ich stehengeblieben? Ja, die Donau. Die Donau wurde kräftig und schnell und trug mich von dem Motorboot weg, allerdings zum falschen Ufer hin, zum rumänischen. Und dann geriet ich in einen Strudel, einen ganz starken, und ich wusste, ich muss mich an was Kräftigem, richtig Kräftigem festhalten, nicht so was wie meine Luftmatratze. Dann sah ich in meiner Nähe ein Stück dicken Baum, einen Stamm mit langen Ästen. Ich packte einen und ließ meine Luftmatratze los, aber der Ast brach ab und rutschte mir aus der Hand, also hatte ich gar nichts mehr zum Festhalten. Dann erschien mir im Geist ein Bild, wie wir zwei in der Goldenen Höhle spielten – wie wir versuchten, eine Melodie ohne tonales Zentrum zu spielen –, und daran habe ich mich festgehalten. Und dann bin ich ohnmächtig geworden.

Als ich aufwachte, war das Wasser trübe. Ich hatte es

an ein Ufer geschafft, wusste aber nicht, ob es das richtige war. Schließlich bin ich aufgestanden und habe nach meinem Schatz gesehen: Geburtsurkunde, Ausweis und eine Tüte Humana-Babymilchpulver. Das alles hatte ich in vier Plastiktüten gewickelt, die ich dann in meine Shorts genäht hatte. Ich hatte es gut gemacht, alles war noch heil. Das Milchpulver hatte ich unterm Ladentisch bei einer Frau gekauft, die in einer Apotheke arbeitete. Ich wollte was Leichtes, das aber sämtliche Nährstoffe der Welt enthielt. Ich war erschöpft, also schüttelte ich mir das Milchpulver in den Hals, aber meine Kehle war ganz trocken, und ich konnte es nicht runterschlucken, also musste ich husten und spuckte es aus, sodass die Nährstoffe alle den Boden nährten, von dem ich nicht wusste, ob es der von denen oder unserer war. Dann schnappte mich eine Patrouille. Einen nackten Typen voller Schlamm, mit einem weißen Pulver um den Mund. Ich sah sie an und sagte bei mir: »Ich bin bereit, wie man nur bereit sein kann.«
Es waren Serben. Sie brachten mich zu einer Art Armeestützpunkt, und nach ein paar Tagen haben sie mich prompt zu drei Wochen Haft wegen illegalen Grenzübertritts verurteilt. Das Gefängnis war eine riesige, übervolle Kaserne. Darin waren viele Rumänen und Bulgaren. Das Klopapier war knapp, aber in den Zellen kursierten ein paar Bücher ohne Umschlag, die wurden mit jedem Tag dünner und dünner. Auch eine Art, wie ein Buch verschwinden kann.

Sie haben mich mehrere Male verhört. Diejenigen, die sie für schwere Straftäter in ihrem Land hielten, wurden zurückgeschickt, auch alle ohne Papiere. Da war ein älterer Typ, ein Rumäne, der konnte nur Rumänisch, und er wollte den Wachen, die ja Serben waren, sagen, dass er zu Hause einen Obstgarten hat. Er fragte alle Rumänen, ob sie das serbische Wort für Obstgarten wüssten oder das englische oder deutsche, aber keiner wusste es. Schließlich hat er es den Wachen auf Rumänisch erzählt, aber dabei hat er jedes Wort extra anders betont. Lach nicht. Als hoffte er, dass seine rumänischen Wörter, wenn er sie für einen Rumänen fremdartig aussprach, für Fremde verständlich würden. Ich weiß nicht, was aus ihm geworden ist, weil sie mich dann in ein anderes Gefängnis verlegten – und zwar in den speziellen Flügel dieses anderen Gefängnisses, da hatten wir einen Fernseher und eine Tischtennisplatte. Dann hat mich einer vom Flüchtlingshochkommissariat der UN befragt, der wollte wissen, ob ich ein politischer Flüchtling bin. Ich erzählte ihm, ich sei aus der Philosophischen Fakultät ausgeschlossen und aus einer Restaurant-Band geschmissen worden. Ich erzählte ihm, ich hätte schließlich Arbeit gefunden, als Aufpasser in einer Lagerhalle, die meine besten Freunde und ich die Goldene Höhle nannten. Ich dachte, das findet er lustig, aber das tat er nicht, und er stellte mir viele Fragen, warum ich geflüchtet sei. Die ganze Zeit machte er sich Notizen in einem kleinen Heft, und ich habe ihm nicht angesehen, ob er mich nun für einen politischen Flüchtling hielt oder nicht. Wenn nicht, dann hätten mich die Serben zurückgeschickt. Aber nach einer Woche sagten sie mir, ich sei jetzt ein politischer Flüchtling und stünde unter dem Schutz der UN. Dann kam ich frei und in dieses Motel, Zimmer und Verpflegung werden von der UN bezahlt.

Ich habe einen vorläufigen UN-Flüchtlingsausweis bekommen, Privremena legitimacija, womit ich kostenlos öffentliche Verkehrsmittel benutzen kann; ich muss ihn nur dem Fahrer zeigen. Auch arbeiten darf ich. Ich arbeite fast täglich in einer kleinen Schreinerei. Ich verdiene nicht viel, aber genug für billigen Sliwowitz und Zigaretten, die ich immer gleich kaufe, weil die Inflation durch die Decke geht.

Als ich das erste Mal in Belgrad war, dachte ich, ich träume. Es war abends, und überall waren Lichter. Lichter, Fane: Die Straßen waren erleuchtet. Sogar einen McDonald's gab's, du glaubst es nicht; ich war noch nicht drin, wenn ich vorbeikam, war die Schlange einfach zu lang.

Hier im Rosengarten geht's international zu – Rumänen, Bulgaren, Albaner, Russen, sogar ein paar Afrikaner. Wir stellen alle unsere Auswanderungsanträge zusammen. Amerika, Kanada, Australien und Neuseeland sind am beliebtesten. Westeuropa ist hart und geht langsam, außer man hat dort eine Schwester oder einen Bruder, die einen unterstützen. Manche haben schlechte Vibes und hauen ab, versuchen, nach Italien

oder Österreich zu kommen, aber wenn sie geschnappt werden, verlieren sie ihren Flüchtlingsstatus und werden wahrscheinlich in ihr Land zurückgeschickt. Auch ich habe schlechte Vibes und würde gern weg, aber überall sind Polizei und Armee, und irgendwas brodelt unter der Oberfläche, aber was, weiß ich nicht. Keiner im Rosengarten weiß was.
Jedenfalls habe ich meinen Antrag ans kanadische Konsulat geschickt und hatte auch schon ein Gespräch. Eines Morgens hat mich beim Frühstück im Rosengarten ein Typ aus Afrika was gefragt, auf Englisch, und ich habe ihm auf Englisch geantwortet, den Mund voller Honig – an dem Morgen gab's Honig –, und der hat mir gesagt, ich hätte einen amerikanischen Akzent. Also habe ich vor dem Gespräch in der kanadischen Botschaft ein Glas Honig gegessen, dann hat mir der kanadische Konsul zu meinem Englisch gratuliert, hat aber gemeint, ich hätte einen irischen Akzent, und zu dem Übersetzer gesagt – ein Serbe, der Englisch und Rumänisch konnte –, er könne eine rauchen gehen, was er auch tat. Nicht jeder kriegt ein Gespräch mit dem Konsul. Er hat mich nach meinem Studium und meinen Arbeitserfahrungen gefragt. Hinter ihm war ein Riesenposter mit einer wunderschönen Landschaft, eine endlose Kette grüner Berge mit weißen Gipfeln und darüber eine goldene Sonne mit den Buchstaben des Wortes »Alberta« als Strahlen. Ich erzählte ihm, dass ich ein Semester lang Philosophie studiert und ein paar Monate lang in einem Restaurant Schlagzeug

gespielt habe, und da verging ihm sein wohlwollendes Lächeln wegen meinem guten Englisch. Hier im Rosengarten hält sich hartnäckig das Gerücht, dass in Kanada jetzt Fleischer sehr gefragt sind, also erzählte ich ihm, dass mein Vater Fleischer ist und ich mein Leben lang nur Fleischer wie er sein wollte. »Wir sind uns nämlich sehr nah, mein Papa und ich, und zu Hause haben wir immer nur darüber gesprochen, wie wir Kälber und Lämmer töten.« Der Konsul sagte nichts, und weißt du, was ich noch sagen wollte? Dass dieser tiefe Wunsch, ein Fleischer wie mein Vater zu werden, in Rumänien gar nicht in Erfüllung gehen kann, weil es in Rumänien überhaupt kein Fleisch mehr gibt. Aber ich hielt den Mund, weil es keine gute Idee ist, bei so einem Gespräch Scherze zu machen.
Die Leute im Rosengarten sagen, wenn der Konsul dich nach dem Gespräch auffordert, dir aus einem Bücherregal ein Buch auszusuchen, auf Englisch oder Französisch, dann ist das ein Zeichen, dass er dich mag. Na, mir hat er kein Buch angeboten. Warten wir also ab. Als ich ging, musste ich an die Ausstellung eines Karikaturisten denken, die ich in Bukarest gesehen hatte. Ein brillanter Karikaturist, er hieß Stănescu. Vor einem leeren Fleischerladen eine lange Schlange, zwei Frauen in der Schlange unterhalten sich, und eine sagt: »Ich glaube nicht an die Fleischwerdung.«
Sag Oksana, dass ich sie sehr vermisse.
Und lass dir mit der Gitarre noch Zeit. Es ist eine gute Gitarre. Gib ihr Zeit, und sie wird sich dir öffnen. Vor

längerer Weile habe ich einen alten italienischen Film gesehen, und ich wusste nicht, was ich davon halten soll, aber ein paar Tage später öffnete sich der Film in meiner Erinnerung wie eine Rose in einer Vase.

Dein Freund
Paul

Den Brief hatte ein rumänischer Choreograph nach Rumänien geschmuggelt und Speck übergeben. Der Choreograph und Speck waren gut befreundet. Wie Speck Paul sagte, dass ihr Freund in Belgrad ist, weiß ich nicht. Telefonate aus dem Ausland wurden abgehört. Vielleicht hatten Speck und Paul ja ihren eigenen Code.

»Künstler sind schlau«, sagte Speck. »Das müssen sie ja auch sein. Sie müssen die Zensur überlisten.« Sie war in keiner guten Stimmung, als sie mir den Brief gab. Wahrscheinlich hatte sie ihn gelesen, der Brief war ohne Umschlag.

Ich rief in der Grotte an, um Oksana zu sagen, ich hätte etwas für sie.

»Die hat gekündigt«, sagte eine Frauenstimme. »Die arbeitet hier nicht mehr.«

»Kennen Sie ihre Adresse? Sie wohnt bei ihrer Großmutter.«

»Ach ja? Das wusste ich nicht.«

»Ja, in einem Dorf nicht sehr weit von der Grotte. Sie hat es Süßdorf genannt.«

»*Was* hat sie Süßdorf genannt?«

»Das Dorf ihrer Großmutter. Den richtigen Namen hat sie mir nie gesagt.«

»Hahaha.«

92 000

Gegen Ende des Sommers ging ich noch einmal hin. Speck machte auf und umarmte mich.

»Er hat es mir nicht gesagt, Fane. Ist das zu fassen? Ich kann es nicht. Weil wir keine Geheimnisse haben. Immerhin ist er im Paradies. Vom Purgatorium ins Paradies. Endlich!«

»Hat Dan Arbeit in Bukarest bekommen?«

»Paul, Fane, ich rede von Paul. Er ist jetzt anerkannter Einwanderer. In Kanada. Heute Morgen hat er aus Toronto angerufen. Meinem Morgen. Er hat das Ergebnis schon vor über einem Monat bekommen, aber alles noch für sich behalten. Wie kann man ihm trauen? Ich habe ihn gefragt: ›Hast du denn Geld?‹, und er hat gesagt: ›Mach dir mal keine Sorgen, Ma, ich habe reichlich. Reden wir nicht über Geld. Sag mir nur, wie geht's Tante Florinas Kater?‹ Ich kenne gar keine Tante Florina, aber er hat mich immerzu nach Tante Florina gefragt. Und dann ist der Groschen gefallen, der Kater warst du. Und ich habe gesagt: ›Dem geht's gut, aber er miaut viel, ich glaube, weil er zurzeit wenig spielt‹, worauf Paul sagte, er würde zu gern mit ihm spielen. Und dann habe ich ihn noch mal wegen Geld gefragt, worauf er sagte: ›Sieh mal, die kanadische Regierung hat meinen Flug von Belgrad nach Toronto bezahlt. Vierhundertzweiundachtzig Dollar. Das ist geliehen, aber zinslos.‹ Und ich hab gesagt: ›Wie bist du denn von Belgrad nach Toronto geflogen?‹ Und er darauf: ›Na, direkt, es gibt einen Direktflug nach Toronto.‹ Gott segne Jugoslawien, Fane, das ist das emanzipierteste Land des Ostblocks. Allein die Vorstellung – ein Direktflug von Belgrad nach Toronto? Unfassbar. In Toronto hat ihm dann eine Hilfsorganisation bei der Wohnungssuche geholfen, und die kanadische Regierung hat ihm einen Gutschein über eine Menge Geld gegeben, mit dem er sich in einem speziellen Geschäft alles Notwendige kaufen konnte: Zahnbürste, Gabel, Tasse und was nicht alles, und auch das als zinsloses Darlehen. Er wird es erst zurückzahlen, wenn er Arbeit hat, vorher nicht. Auch Taschengeld haben sie ihm gegeben, auch das zinslos. Gott segne Kanada! Jedenfalls wohnt er in einer kleinen Einzimmerwohnung über einem Restaurant, wo man so viel essen darf, wie man kann, in einem Block mit der Nummer 92 000. Wie kann das sein?«

»So viel essen, wie man kann?«

»Nein, wie kann ein Wohnblock die Nummer 92 000 haben?«

»Ob sie in dem Restaurant wohl eine Band haben?«

»Bestimmt. Und nette Nachbarn hat er auch. Nebenan wohnt ein pensioniertes Paar, Martha und David. Sie war Bibliothekarin und David in der Logistik. Was das ist, weiß ich nicht. Paul hat eine Besichtigungstour durch Toronto gemacht, und der Führer, ein Russe, hat gesagt, man kann vergessen, wo man zum ersten Mal geküsst hat, aber nie, wo man in Toronto zum ersten Mal sein Auto geparkt hat. In Bukarest wird das nie so sein. Nach der Tour ist er in ein riesiges Einkaufszentrum, da gab's Käfige mit Hühnern drin, damit die Kinder sehen können, wie diese Tiere in der Wirklichkeit aussehen, weil die noch nie ein echtes Huhn gesehen haben, obwohl sie schon ihr ganzes Leben lang Hühnerbrust essen. Unsere Kinder sehen Hühner im Fernsehen, essen aber keine Hühnerbrust. Jedenfalls hat Paul in dem Einkaufszentrum das größte Eis gegessen, das er je gesehen hat. Nordamerika, das ist vielleicht kein Dolce Vita, aber du kannst sagen, was du willst, ohne dass der Große Bruder alles, was du sagst, aufnimmt und speichert. Ah, und er hat eine Karte für ein Zappa-Konzert gekauft, aber das Konzert ist dann ausgefallen, überhaupt die ganze Tournee, stattdessen ist Paul dann auf ein Konzert von einem Typen namens Ted Nogent oder so ähnlich gegangen. Es hat eine Woche gedauert, bis er wieder richtig hören konnte. Sicher ein Wilder, dieser No-gent. Würde mich nicht überraschen, wenn er nackt spielt, mit einem Tierfell um die Lenden. Hast du von dem gehört?«

Nein, nie gehört.

»Ein anderer Nachbar ist Inder. Der brät morgens um sieben Zwiebeln und lässt die Wohnungstür dabei sperrangelweit offen. Einmal hat Paul an der offenen Tür geklopft, um sich zu beschweren, aber dann unterhielten sie sich über Musik und fanden beide, dass Musik keine Frage der Finger ist, sondern der Seele. Paul nennt ihn

Costel. Er sagt, sein richtiger Name ist schlicht unaussprechlich. Costel hat in vielen Ländern gelebt, und er hat gesagt, dass der Umzug von einem Land in ein anderes für ihn ist wie der Wechsel von einer falschen Aussprache seines Namens zu einer anderen. Als er jung war, hat er irgendein Percussion-Instrument gespielt, aber jetzt studiert er in Toronto Wirtschaft. Jedenfalls bin ich heilfroh, dass das nette Leute sind, Martha und David. Eines Abends haben sie Paul ins Kino bei sich in der Nähe eingeladen, und sie sind mit dem Auto hingefahren, und auf der Rückfahrt hat David ein Eichhörnchen überfahren, da haben er und Martha geweint.«

Der König der Komödie

Am nächsten Sonntag haben sie mich zur Feier von Pauls Ankunft in Kanada zum Mittagessen eingeladen. Dan öffnete mir, und da sah ich ihn zum ersten Mal nach langer Zeit. Ich hatte einen glücklichen Vater erwartet, doch vor mir stand ein Gespenst; er war blass, müde und unrasiert.

»Das glaubst du nicht«, sagte er und goss mir einen Schnaps ein, »aber in dieser Sägemühle, wo ich jetzt arbeite, vielmehr nicht arbeite, weil es nichts zu tun gibt, sind wir zwei Exilanten.«

Davor hatte Dan in einer Möbelfabrik gearbeitet. »Ich habe einen Schreibtischjob in einer Möbelfabrik«, sagte er immer.

Wir stießen an, doch keiner sagte was.

»Der andere Exilant ist älter als ich. Er hat davor in einem Ministerium gearbeitet. Er hatte immer eine pompöse lederne Aktentasche dabei, aber darin war nur ein Brötchen, das er sich morgens auf dem Weg zur Arbeit kaufte. Die haben uns gezwungen, in dieser verdammten Sägemühle außerhalb von Bukarest zu arbeiten, nur weil sie so weit weg ist. Das ist unsere Bestrafung. Ich werde für meinen Sohn bestraft, er für seinen Schwiegersohn. Auf dem Papier sind wir in der Qualitätskontrolle. Pah! Da gibt's gar nichts zu kontrollieren, die sägen Holz, das war's.«

Er goss uns noch einen Schnaps ein.

»Sein Schwiegersohn, das ist vielleicht einer! Miron. Der hat sich nach Frankreich verdrückt. Nach seiner Hochzeit hat er einem Freund gesagt, er soll ihn auf eine Liste mit Leuten setzen, die sich um einen Platz bei einer Pauschalreise nach Frankreich bewerben. Miron, der war Französischlehrer. ›Diese Reise ist eine einmalige Gelegenheit‹, sagte er zu seiner Frau. ›Und es war schon immer mein Traum, Frankreich zu sehen. Wenn ich mich allein bewerbe, habe ich vielleicht eine Chance, weil es dann so ist, als würde ich dich hier als Pfand zurücklassen. Als Garantie, dass ich zurückkomme. Uns beide würden sie nie im Leben in ein westliches Land lassen.‹ Nur Gott weiß, welche Strippen er da gezogen hat, aber er hat es tatsächlich in die Gruppe geschafft, die grünes Licht erhielt. Anscheinend haben sie alle sofort nach der Landung in Paris um politisches Asyl gebeten. Der ganze Flughafen hat nach frischen Croissants und frisch gemahlenem Kaffee gerochen. Was Männer nicht alles für einen Kaffee und ein Croissant machen. Miron war erst ein paar Monate verheiratet. ›Also hast du jetzt einen Schurkensohn‹, sagte ich zu meinem Freund in der Sägemühle, und er mochte meinen Scherz, und jetzt sind wir Freunde.«

Speck kam mit einer großen Platte Kartoffelbrei herein, auf dem ein Berg Hähnchenschnitzel lag.

»Da, nimm gleich zwei, Fane. Es ist reichlich da. Iss, so viel du kannst. Einer meiner Patienten hat mir zwei ganze Hühner gegeben. Hast du übrigens von dem neuartigen Wohnblock gehört, den sie bauen wollen? Jede Wohnung wird ein Badezimmer haben, aber keine Küche, weil wir alle in riesigen Speisesälen essen werden. Zu Hause gibt's dann einen Wasserkessel, falls wir krank sind oder so und uns Kamillentee machen wollen, aber wenn wir Freunde zum Essen einladen, müssen wir in den Speisesaal und den plat du jour nehmen.«

»Als Miron nach Paris kam, wohnte er in einer Tierklinik inmitten von Käfigen mit kranken Tieren. Es war die Klinik eines rumänischen Tierarztes. Dann zog er bei einer rumänischen Concierge ein, die schrie immer einen kleinen Jungen namens Ulysse an. ›Ulysse, pas par là!‹ Dann half Gott Miron, und er bekam Arbeit und mietete ein winziges Zimmer im obersten Stock eines alten Gebäudes nahe Invalides. Aber ohne Bad und Küche. Das ist Paris, mein Freund. Nur eine Toilette auf dem Flur, für sechs solche Winzzimmer. Zum Duschen muss er in ein öffentliches Badehaus. Und das ist noch nicht alles. Als Miron einzog, hatte eine Wand seines Zimmerchens die Farbe gewechselt, weil es unterm Dach ist und es ein Leck gab. Der Besitzer, dem das ganze Haus gehört, ist der Chef einer berühmten französischen Parfümmarke, und der hat seiner Versicherung gesagt, sie soll den durch das Leck entstandenen Schaden schätzen, aber von dort kam keiner, und dann trocknete die Wand, weil es ein heißer Sommer war, und da hat der Parfümeur zu ihm gesagt, er soll jeden Tag gleich morgens zwei Liter Wasser an die Wand kippen, bis der Mann von der Versicherung auftaucht. Ist das zu glauben? Und was konnte Miron da tun? Er hat die Wand fast einen Monat lang gewässert. Endlich kam der Versicherungsmensch, und der Parfümeur hat Miron einen Fasan geschenkt, den er auf dem Land geschossen hat, als Anerkennung seiner Mühe, die Wand nass zu halten. Gott, wie sollte denn Miron einen Fasan mit Federn und so weiter in seinem Minizimmer kochen? In seinem Wasserkessel etwa? Er dankte dem Vermieter, steckte den verdammten Vogel in vier Plastiktüten, fuhr mit der Metro in ein anderes Arrondissement und schmiss ihn dort weg. Er hatte Angst, ihn zu nahe an seinem Wohnort wegzuschmeißen, als könnte der tote Fasan wie ein Gespenst aus den Plastiktüten wiederauferstehen, dem Parfümeur über den Weg laufen und ihm sagen, dass Miron den Fasan weggeschmissen hat.«

»Apropos Tiere. Eine Frau, die zur Massage zu mir kommt, hat eine Cousine, die auf dem Dorf lebt, und eines Tages sah sie im Vorgarten ihres Nachbarn eine tote Kuh liegen. Eine tote Kuh, und die Vorderbeine waren ganz komisch verdreht. Die Kuh war aber gar nicht tot, denn die Augen blinzelten. Kurz und gut, ihrem Nachbarn war das Heu ausgegangen, und er wollte welches kaufen, fand aber keins, und die Kuh hungerte, und da beschloss er, die Kuh zu töten, konnte es aber nicht. Man darf seine Kuh jetzt nicht töten, weil die Partei es sagt. Nur ein Tierarzt kann einem erlauben, die eigene Kuh zu töten, aber auch nur dann, wenn die Kuh sehr krank ist oder versehentlich gestürzt und sich die Beine gebrochen hat. Also hat er seiner Kuh die Beine gebrochen, mit einem Knüppel oder so was, und dann den Tierarzt angerufen. Er hat ihm gesagt, seine Kuh sei in seinem Garten gestürzt und er bitte ihn um die Erlaubnis, sie zu töten.«

»Weißt du, was für eine Arbeit Miron in Paris hat? Gott, welches Karma! Er muss im Labor eines Pharmaunternehmens Mäuse töten. Er bricht ihnen den Hals. Zweitausend Mäuse täglich. Diejenigen, die die Spritzen mit irgendwas überleben, also, die müssen eben weg. Ich meine, das Labor behält sie ja nicht im Käfig als pensionierte Mäuse. Sie müssen vernichtet werden, und das muss jemand machen. Das also macht Miron in der Stadt des Lichts. Er tötet täglich zweitausend Mäuse, mit den bloßen Händen, nicht mit einem Knüppel oder so. Ich wette, die schreiben auf die Verpackung ihrer Medikamente, dass alle Forschungen manuell erfolgt sind. Und was zahlen sie ihm für diese Arbeit? Gerade so viel, dass er in einem winzigen Zimmer ohne Bad und Küche leben kann. Und das ist noch nicht alles: Er muss sich auch sehr anstrengen, um seiner Chefin, Madame Rebière-Picheavant, einer selbst erklärten Maoistin, nicht den Hals zu brechen. Maoistin, meine Fresse! Als sie zu Miron sagte, sie sei Maoistin, sagte Miron zu ihr, der Kommunismus zerstöre die Leber. Im Französischen werden ›Glaube‹ und ›Leber‹ gleich ausgesprochen, nur durch das Geschlecht kann man sie unterscheiden, und Miron, der ehemalige Französischlehrer, hatte das Geschlecht verwechselt, dabei wollte er ›Glaube‹ sagen. Daraufhin ist Madame Rebière-Picheavant wütend geworden, und jetzt hat sie sein Tageswürgen auf dreitausend Mäuse erhöht.«

»Ach ja? Und *unsere* Kommis?«, sagte Speck. »Vampire! Die Enkelin einer Frau, die zur Massage kommt, studiert an der Polytechnischen in Bukarest. Und sie, die Enkelin, hat so viel Unterricht versäumt, dass sie nun Blut spenden muss, um entschuldigt zu werden. Ja, ihr eigenes Blut, denn die Partei ist auf folgende Idee gekommen: für einmal Blutspenden löscht die Polytechnische sechzehn verpasste Unterrichtsstunden. Es herrscht ja Anwesenheitspflicht, und sie hat so viele Seminare geschwänzt, dass sie irgendwann mal drei Spenden in einer Woche gemacht hat, und nach der dritten ist sie in ein Seminar über wissenschaftlichen Sozialismus, in dem der Professor ihnen erzählte, dass der Geist die Manifestation der Materie ist, und darauf ist sie in Ohnmacht gefallen, gleich dort im Zimmer, die Ärmste.«

Ich aß schweigend meine goldenen Schnitzel, sah

Speck und Dan an und wusste nicht mehr, welches dieser beiden Infernos – das westliche oder das östliche – schlimmer war.

»Miron telefoniert täglich mit seiner Frau, wenn auch nur für ein paar Minuten. ›Bitte verzeih mir. Je t'aime.‹ Miron der Mordsdepp. Er ruft sie von einer Telefonzelle aus an, weil er zu Hause kein Telefon hat. Und jemand, der in Paris war und wieder zurückkam, erzählte seinem Schwiegervater, dass die Pariser Telefonzellen alle voller Titten und Ärsche sind – also, Kleinanzeigen für Männer, du weißt schon. Was hätte wohl Mao dazu zu sagen, hm? Stell dir nur vor, wie der arme Kerl seiner Frau sagt, er liebt sie, während seine Augen leckere Titten und Ärsche begaffen. Ein Häftling in einem erotischen Käfig, der sein kleines Vögelchen anruft.«

»Das ebenfalls in einem Käfig lebt, bloß dass sich ihres nicht öffnen lässt.«

»Ich glaube, ich bin satt«, sagte ich. »Vielen Dank. Das war ganz köstlich.«

»Als Paul noch in der Grundschule war«, sagte Speck und sah mich dabei an, »hatten sie im Klassenzimmer nicht nur ein Porträt, das von Ceauşescu, das alle hatten, sondern zwei: eins von Ceauşescu, über der Tafel, und eins von Caragiale hinten, direkt über den Kleiderhaken. Zwei Genies einander gegenüber – unser größter politischer Führer und unser größter Komödiendichter. Ich weiß nicht, warum Paul das gemacht hat – er war doch in der Fünften, wer weiß, was in seinem Kopf vorging –, aber in einer Pause vertauschte er die Porträts: Er hängte

Caragiale über die Tafel und Ceauşescu über die Kleiderhaken. Seine Klassenkameraden lachten sich krumm und schief, aber dann kam der Schulleiter herein, und alle Kinder erstarrten, dann stieß der Schulleiter ein Geheul wie ein Werwolf aus, der nicht mehr an sich halten kann. Da sagte Paul: ›Es tut mir leid‹, und der Schulleiter sagte: ›Du warst das?‹, und packte Paul an den Ohren. ›Was hast du nur in deinem Hohlkopf, du Knilch? Dieser Du-weißt-schon ist … was? Der König der Komödie? Und wer war dein Komplize?‹ Dann sagte er zu Paul und einem anderen Jungen, Pauls bestem Freund, sie sollten ihre Namen auf ein Blatt Papier schreiben, worauf er in sein Büro ging und mich und die Mutter des anderen Jungen anrief. Ich bekam Panik, weil er mir nicht sagen wollte, was passiert war. Als ich ins Büro des Schulleiters trat, war die Mutter des anderen Jungen schon da. Er bat mich, neben ihr Platz zu nehmen, dann schrie er uns beide an. ›Wissen Sie denn, dass in unserer Schule Abendkurse stattfinden? An denen Milizoffiziere teilnehmen, die kein Abitur haben? Was glauben Sie wohl, was passiert wäre, wenn die das Klassenzimmer Ihrer Söhne vor mir betreten hätten?‹ Er war wie in Trance, nun ein voll ausgebildeter Werwolf, und die arme Mutter des anderen Jungen begriff nicht, warum er sie anbrüllte, da doch Paul die Porträts vertauscht hatte und nicht ihr Sohn. In dieser Welt leben wir. Miron dagegen, der Parfümeur und Madame Rebière-Picheavant, die existieren gar nicht. Du hast alles erfunden, du verrückter Kerl, wie du's immer machst. Rebière-Picheavant. Nur dir würde so ein Name einfallen. Aber was ich gesagt habe, ist alles wahr.«

»Setz dich, Fane«, sagte Dan. »Ich bin noch nicht fertig. Meine Frau, die hat ein geheimes Tagebuch, ich hab's zwischen ihren Blusen entdeckt. Es war mit einer Schnur zusammengebunden, und als ich es betrachtete, hörte ich eine raue Stimme im Kopf, weißt du, eine Stimme wie von Bela Lugosi, die sagte: ›Zieh nicht an der Schnur, zieh nicht an der Schnur!‹ Aber ich tat es und sah unverständliche Zeilen, die aussahen wie die Spuren eines Käfers, den man in Tinte getaucht hat. Das ist Stenographie, Fane. Meine liebe Frau kann Steno. Und dieses Tagebuch ist eines ihrer Geheimnisse. Eins von vielen. La signora dei segreti. Ich ließ es zwischen ihren Blusen und suchte jemanden, der Stenographie kann, konnte aber niemanden finden, und nach einer Weile war das Tagebuch verschwunden, und jetzt behauptet sie, es habe nie existiert.«

»Natürlich hat es nie existiert. Das ist alles deine Phantasie.«

»La signora, Fane, wollte einmal Ballerina werden. Nur dass ihre Akte beschmutzt wurde, damals in den guten alten Fünfzigern. Genauer, 1953, als Stalin starb. Und ich weiß auch, wie's passiert ist.«

»Woher wissen Sie es?«

»Am Tag von Stalins Begräbnis wurden alle Schüler aus allen Schulen auf einen großen Platz in Bukarest geführt, auf dem eine riesige Statue Stalins stand. Es war ein äußerst choreographiertes Ereignis. Auch ich war da, mit meiner Schule. Ich war in der Sekundarstufe. Es war März, und die Jungen und die Männer trugen Barette, also so flache Kappen. Hüte galten als bourgeois.«

»Du warst zu jung, um dich an das alles zu erinnern.«

»Die Organisatoren wollten, dass alle Jungen und Männer zur selben Zeit wie der des Kanonensaluts auf dem Roten Platz in Moskau die Barette und Kappen abnahmen, und sie standen mit Leuten von der russischen Botschaft in Kontakt, die wussten, was auf dem Roten Platz passiert. Aber die Organisatoren waren verwirrt und schließlich auch alle Männer und Jungen. Einige nahmen Barett und Kappe ab, andere setzten sie auf. Das ging immer so weiter, es war wie ein Gag aus einem Charlie-Chaplin-Film. Einem Stummfilm, denn niemand durfte reden. Und ein schönes Mädchen, das an der Oberschule war und später meine Frau wurde, lachte laut auf, und das sah jemand. Das war's dann für sie. So hat sie's vermasselt. Sie lachte am Tag von Stalins Begräbnis, und jemand hat es gesehen, und so wurde ihre Akte beschmutzt. Und danach durfte sie nicht mal in eine Amateurtanztruppe. Und niemand konnte etwas dagegen tun.«

»Niemand kommt deinen Geschichten hinterher.«

»Alle meine Freunde sagten, ich soll sie nicht heiraten, weil sie Zigeunerin, Frau und Waise ist, eine tödliche Kombination. Aber ich habe sie geliebt.«

Es gibt nur eine Mutter

Als ich Speck und Dan das nächste Mal besuchte, machte mir Dan auf und sagte, Speck sei in der Nacht gestorben. Ich stand in der Tür und wusste nicht, ob ich eintreten oder gehen sollte, auch Dan wusste es nicht. So standen wir eine ganze Weile da, sprachlos, dann ging ich, und Dan schloss die Tür.

Sie hatte einen Haufen Tests machen lassen, und der Arzt meinte, wahrscheinlich sei ihre Aorta verengt. »Das ist ausgeschlossen«, sagte Dan zu dem Arzt. »Als sie jung war, wollte sie Ballerina werden.« Als könnte diese Sache nur Frauen befallen, die in jungen Jahren nicht Ballerina werden wollten. Dans Bemerkung ärgerte den Arzt, der sagte, vom Ballett wisse er gar nichts, worauf Dan dem Arzt sagte, er leide an einer Verengung des Geistes.

Es war ganz einfach, sie zu lieben. Einmal rief sie eine femme de ménage an, ihr beim Reinemachen zu helfen, weil sie eine Sauberkeitsfanatikerin war, und weißt Du, was Speck machte? Sie putzte das Haus selbst durch, und als die femme kam, gab es nichts mehr zu putzen. »Was würde sie von mir halten, wenn hier gar nichts abgestaubt wäre?«, sagte sie. Sie entwarf ihre Kleider selbst und ließ sie sich von einem Schneider nähen; damals gab es viele Schneider. Sie sagte immer, der Niedergang der Bildung sei eine Folge dessen, dass es den Lehrern irgendwann egal wurde, wie sie sich anzogen.

Dem Begräbnis wohnten viele bei. »Das sind alles Leute, die sie geheilt hat«, sagte Dan.

Nach der Beerdigung lud Dan Verwandte und Freunde zu sich ein. Auch mich. Als ich hinkam, stritten sich drei alte Damen in der Küche heftig um einen großen Kessel herum. Sie stritten über Petersilie – ob sie in den Pilaw, den sie gekocht hatten, hineinkam oder nicht. Sie hörten erst auf, als eine sagte, wenn die Petersilie hineinkäme, würde sie sich in einen Brunnen stürzen; wo Dan wohnte, gab es keine Brunnen, aber das wirkte, und danach stritten sie nicht mehr.

Wir saßen im Wohnzimmer an einem langen Tisch. Neben mir saß Herr Voicu, ein Vetter von Dan.

»Als ich klein war«, sagte Herr Voicu, schickte mich die Partei zum Ökonomiestudium an die Staatliche Lomonossow-Universität nach Moskau. Wenn ich an die Zeit damals denke, ist es, als tränke ich alten Weinbrand.«

In seiner Jugend war er wie alter Weinbrand? Ich hielt den Mund.

»Damals war Moskau voller schöner Mädchen aus der ganzen Union. Russische, ukrainische, armenische, aserbaidschanische. Ich hätte eine heiraten und mich dort niederlassen können. Aber ich tat es nicht. Als ich wieder zurück war, schrieb ein Freund ein Epigramm über mich. ›Überflutet von Erotik, widerstand Genosse Voicu mit Heroik.‹ Den Rest habe ich vergessen. Ich widerstand, ja, weil ich zu Hause eine Liebste hatte. In Bukarest.«

Seine Augen wurden feucht, und er hielt eine Weile inne.

»Ich mochte diese Zeit, weil da noch Ordnung herrschte. Ist das etwas Schlimmes – Ordnung?«

Ich konnte es nicht glauben, dass ich mir am Tag von Specks Begräbnis einen Lomonossow-Ehemaligen anhören musste, also hob ich mein Glas – wir tranken alle starken Pflaumenschnaps – und sagte: »Möge Gott ihr Frieden geben!« Das weckte Dan auf, der, seit er sich an den Tisch gesetzt hatte, auf seine Portion Pilaw starrte.

»Damals hat noch Ordnung geherrscht«, fuhr Herr Voicu fort, ohne zu bemerken, dass Dan ihn nun anstarrte, »weil jeder an dasselbe glaubte: Materie. Materie, nicht Perestroika. Und die Ökonomie ist die Materie des menschlichen Lebens. Mehr ist es nicht – Materie und die Produktion materieller Güter. In Moskau hatten wir einen großartigen Professor, der jede seiner Vorlesungen mit den Worten begann: ›Entscheidend ist die Wirtschaft, ihr Dämel!‹ In Moskau trieben wir nämlich auch viel Philosophie. Bis Marx daherkam, waren die Leute naiv gewesen. Aber dann kam er, und für alle wurde der Schleier gelüftet, sodass alle sahen, dass der Geist nur eine Form ist, in der sich die Materie manifestiert.«

»Mein lieber Vetter«, sagte Dan, und da roch ich schon den Ärger, »kannst du mir die erste Zeile des *Kommunistischen Manifests* von Marx und Engels sagen?«

Herr Voicu sagte nichts und schaute in sein Glas.

»Dann willl ich sie dir sagen: ›Ein Gespenst geht um in Europa – das Gespenst des Kommunismus.‹ So beginnt es, das berühmte *Manifest*. Aber warum? Ich meine, für die Kommis ist ein Gespenst wie ein Dissident.

Denn Gespenster, mein lieber Vetter, sind keine Materie. Sie sind wie Ideen. Man kann sie nicht berühren, und dennoch existieren sie. Was also bedeutet es, dass der Kommunismus ein Gespenst ist? Es bedeutet, dass der Kommunismus eine Idee ist. Und nicht Materie und die Produktion materieller Güter bewirken Dinge, sondern Ideen. Die Geschichte fließt, wie sie fließt, weil Ideen ihnen das Flussbett gegraben haben. Das wusste Marx, natürlich wusste er es, aber er konnte es nicht offen sagen, da der Materialismus schon zu seinen Lebzeiten das Opium der Massen war. Daher gibt es, sagte er, nur Materie und die Produktion materieller Güter. Der Materialismus, das war sein trojanisches Pferd. Und was verbarg er darin? Die Idee, dass Gerechtigkeit Gleichheit ist. Und mit Gleichheit meinte er Folgendes: dass niemand mehr als der andere besitzen sollte. Aber weißt du, die Materie kann nicht gleich geteilt werden. Das können nur Ideen. Also dachte sich Marx Folgendes: Niemand soll mehr Ideen als der andere besitzen. Dann haben wir Gleichheit, und das ist Gerechtigkeit.«

Es war der helle Wahnsinn, so zu reden, denn überall konnten Spitzel sein, aber das kümmerte Dan nicht. Er erhob sich, ein Glas in der Hand. »Das alles habe ich durch meine liebe Frau erkannt. Sie war viel klüger, als ich es je sein werde, und sie hat mir die Augen geöffnet. Sie hat mir die Augen geöffnet, kurz bevor sie die ihren geschlossen hat. Sie starb friedlich, weil ihr Sohn nicht bei ihr war. ›Er hat gut gewählt‹, sagte sie. Sie wusste, dass sie sterben würde, und sie wusste genau, was sie gern in ihrem Sarg tragen würde, und nur eines bekümmerte sie: die Schuhe. Sie sagte, die Schuhe, die sie gern im Sarg tragen würde, seien ein bisschen eng und scheuerten.«

»Auf Wiedersehen, Dan«, sagte Herr Voicu und stand auf.

»Mein lieber Vetter. Sagen wir doch, dass Marx und Ceaușescu Vettern waren. Und was glaubst du, was würde Marx zu seinem Vetter sagen, hm? Sagen wir, dass er, wo er jetzt auch sei, sich um seinen Vetter sorgen würde. Was würde er ihm sagen? ›He, Nick! Achte auf die Gespenster, Mann. Die Gespenster, verdammt. Und lies noch mal den Anfang des *Manifests*.‹ Ach, geh doch nicht …«

Doch Herr Voicu nahm seinen alten Mantel und ging. Auch die anderen standen auf und gingen. »Möge sie in Frieden ruhen! Möge sie in Frieden ruhen!«, bis wir nur noch zu fünft waren: Dan, ich und die drei alten Damen, die sich wegen der Petersilie gestritten hatten – ob sie zu dem Pilaw, den sie gekocht hatten, dazukam oder nicht. Wir standen alle, und die drei Damen und ich schauten Dan an.

»Bitte setzt euch«, sagte Dan. »Ich muss euch etwas sagen.«

Wir setzten uns, und er trank ein weiteres Glas Pflaumenschnaps.

»Das letzte Mal, als meine Frau und ich ausgingen, war im letzten Winter, bevor Paul wegging. Wir sahen uns ein Stück im Nationaltheater an. Eine Adaption von Gogols *Mantel*. Eine moderne Adaption. Erinnert sich noch jemand an die Handlung? Egal. Nicht egal ist, dass wir zu spät kamen, und als wir das Theater betraten, fiel mir auf, dass die Garderobe leer war. In dem verdammten Theater gab es schlicht keine Heizung, und alles behielt den Mantel an. Wie findet ihr das, hm?«

Als er »Wie findet ihr das, hm?« sagte, waren die drei Damen schon gegangen.

»Entschuldige, Dan«, sagte ich, »aber ich muss auch los.«

»Und als wir wieder zu Hause waren, sagte sie Folgendes zu mir: ›Jetzt geht ein anderes Gespenst in Europa um. Und eines baldigen Tages wird einer unter uns sein und uns sagen, dass er mit dem Gespenst gesprochen und dass das Gespenst gesagt hat, wir sollten den Steuermann loswerden.‹ Das hat sie gesagt, Fane. Eines baldigen Tages.«

»Mach's gut, Dan, und Gott sei ihrer Seele gnädig.«

»Ich werde nicht friedlich sterben.«

»Ist gut.«

»Er hat nicht gut gewählt.«

»Ich ruf dich an, Dan. In ein paar Tagen rufe ich dich an.«

»Wähle gut, Fane.«

Dialektischer Materialismus

Der Steuermann hatte angefangen, in verschiedenen Teilen der Stadt riesige Einkaufszentren zu errichten, doch sie waren leer, und die Leute nannten sie »Hungerzirkusse«. Wir hatten Zirkusse, aber kein Brot.

Eines Abends sagte mir Mama, am nächsten Morgen werde ein neuer Zirkus eröffnet, und trug mir auf, hinzugehen und so viel Lebensmittel wie möglich zu kaufen. Ich sagte, ich müsse doch zur Schule, doch sie blieb hart. Sie hatte versucht, sich einen Tag freizunehmen, es aber nicht geschafft. Der einzige Tag nämlich, an dem diese Zirkusse nicht leer waren, war der Tag der Eröffnung, und zwar weil der Steuermann persönlich zur Eröffnung kam.

Mama weckte mich morgens um sechs und gab mir einen Haufen Geld und acht stabile Taschen. Als ich in den neuen Zirkus kam, waren die Geschäfte randvoll mit Eiern, Milch, Joghurt, Käse, großen schwarzen Oliven, Hühnerbrüsten, sogar ganzen Hühnern und Schweinefleisch, Rindfleisch und Salami, Räucherfisch und weichem Rogen, frischen Karpfen auf Eis, Hechten und Welsen, Brot und Brötchen und roten Äpfeln, dunklen Trauben, großen gelben Kartoffeln, Rot- und Weißwein, Sonnenblumenöl, Mehl, Zucker, Maisgrieß, Zitronen, Orangen und sogar Bananen. Bananen waren die Köstlichkeit, die in jener Zeit am seltensten zu finden war. Doch alle diese Nahrungsschätze wurden von zwei Kordons bewacht, einer aus Milizionären, der andere aus Soldaten. Damals hieß die Polizei Miliz. »Wenn er auftaucht, vertreiben sie uns«, sagten die Leute um mich herum, »aber wenn er weg ist, steht alles zum Verkauf.«

Schließlich sagten uns die Milizionäre, wir sollten gehen und uns in den umliegenden Straßen verstecken. Wir waren Hunderte, dennoch waren wir, wie befohlen, in Windeseile verschwunden, und dann hielt ein Tross aus schwarzen Limousinen und Wachleuten auf weißen Motorrädern vor dem Zirkus. Ich dachte, wir würden ewig warten, weil der Steuermann bestimmt alles kosten wollte, all die Oliven, den Käse, die Bananen, doch nach einer Viertelstunde fuhr er schon wieder ab, und ich dachte, vielleicht hatte er an dem Tag Verdauungsprobleme. Als er weg war, sammelte sich in den Straßen eine Horde mit leeren Taschen und rannte zum Zentrum, doch nun standen drei Kordons davor, einer aus Miliz, die beiden anderen aus Soldaten, die ließen uns nicht durch, und dann kamen wie aus dem Nichts Dutzende und Aberdutzende Lastwagen, die von den Milizionären und Soldaten durchgelassen wurden; sie hielten überall vor dem Zentrum, und hundert Soldaten stiegen ab und luden alles auf die Laster. Sie waren so schnell und bewegten sich so flink, dass sie wie ein einziges Lebewesen waren, ein Ungeheuer, das all die Eier, die Milch, den Joghurt, die Karpfen, Hechte, Hühnerbrüste, das Schweinefleisch, das Rindfleisch, die Salami, die dunklen Trauben und gelben Kartoffeln und alles Sonnenblumenöl und Mehl, Zucker und Maisgrieß und alle Orangen und Bananen aufsog. Im Nu war diese ganze Parusie an Lebensmitteln weg, und dann fuhren die Laster einer nach dem anderen ab, und dann bestiegen die Soldaten und Milizionäre andere Laster, die ebenfalls wie aus dem Nichts gekommen waren, und auch sie verschwanden, und dann waren nur noch wir da – eine Horde Leute mit leeren Taschen, von ihrer eigenen Ungläubigkeit sediert. Noch nie hatten sie alle Lebensmittel am Eröffnungstag eines Hungerzirkus weggeschafft. Viele Leute gingen, ich aber ging hinein, und da gab es in allen Geschäften doch etwas zu kaufen: eine perlende Limonade, sehr gelb, angeblich aus Orangen. Cico hieß sie. Sie wurde in schmalen Fläschchen verkauft, und in jedem Geschäft dieses riesigen Einkaufszentrums stand eine junge Frau in einem weißen gestärkten Kleid, hinter ihr ein großes Regal voller Flaschen Cico.

Ich kehrte zurück nach Hause, in den Händen die vielen leeren Taschen. Hungere, so viel du kannst. Was blieb mir anderes übrig, als auf Mama zu warten? Sie organisierte immer was zu essen.

Ich setzte mich ins Wohnzimmer aufs Sofa, und in meinem Kopf entstand eine Bühne voller riesiger Gehäuse, aus denen die Live-Version von »Mistreated« erscholl. Ich ertrug es nicht; es war wohl der Teil, als die Band abbricht und Coverdale allein weitersingt. Also zog ich aus dem Regal neben dem Sofa ein Buch. Ich achtete nicht darauf, welches es war. Ich schlug es auf und las:

> Die revolutionäre Partei, die progressiven Kräfte, die Arbeiterklasse – als die führende Klasse der Gesellschaft – müssen ihrer historischen Verantwortung unter den bestmöglichen Bedingungen gerecht werden, sowohl in der Entwicklung der Produktionskräfte und der Herausbildung der Produktionsbeziehungen sowie der Bestätigung in der gesamten Gesellschaft der revolutionären materialistisch-dialektischen Auffassungen von Welt und Leben.

Das war ein Zitat von Ceauşescu. *Dialektischer Materialismus*, so hieß das Buch. Eine Schwarte von irgendwelchen rumänischen Apparatschik-Philosophen. Die Crème de la Crème, na klar. Das Buch hatte Mama gekauft. Sie war Parteimitglied und für den *politisch-ideologischen* Arbeitskreis bei ihrer Arbeit zuständig; sie arbeitete in der Verwaltung einer Schuhfabrik.

Und nun stell Dir Folgendes vor: Eine alleinerziehende Mutter kommt von der Arbeit, und ihr einziger Sohn – ein dünner Typ mit Brille und ungebärdigen Locken – sitzt auf dem Sofa und blättert in einem dicken Buch mit dem Titel *Dialektischer Materialismus*. Man könnte meinen, sie hält kurz inne, um ihren guten Jungen zu betrachten, stattdessen schrie sie mich sofort an.

»Du willst wohl in Pauls Fußstapfen treten, wie? An die Philosophische Fakultät gehen, rausgeschmissen werden, in einem Restaurant spielen und dann durch die Donau schwimmen. Willst du das etwa?«

Ihr Gesicht war weiß.

»Ich habe von Paul viel Gutes gelernt«, sagte ich, »aber was er getan hat, finde ich nicht gut.«

»Wofür hältst du mich? Einen deiner Schulkameraden? Ich bin deine Mutter, du Schlingel. Mir machst du nichts vor. Wenn du nicht gut findest, was er getan hat, warum hast du ihn dann nicht davon abgehalten?«

Dann setzte sie sich zu mir aufs Sofa und brach in Tränen aus.

»Den ganzen Tag denke ich an Pauls Eltern, möge seine Mutter in Frieden ruhen.«

»Paul ist kein schlechter Kerl, und er hat mir gezeigt, wie schön das Leben eines Philosophiestudenten ist. Und wie demütigend, in einem Restaurant zu spielen.«

»Warum ist das demütigend?«

»Weil man da ›Zabadak‹ für ausländische Gäste spielen muss.«

»Was muss man spielen?«

»Mama, ich will Philosophie studieren. Ich will an der Philosophischen Fakultät angenommen werden und auch einen Abschluss machen. Musik, Restaurants – das ist vorbei.«

»Das glaube ich dir nicht.«

»Ist dir nicht aufgefallen, dass ich nicht mehr Gitarre spiele? Dort habe ich sie hingetan. Dort, hinter die Kommode. Seit Paul weg ist, habe ich sie nicht mehr angefasst.«

Das stimmte sogar.

Jetzt Schnitt zu einem Mann Mitte fünfzig, glatt rasiert, Brille, hellbraune Haare; er trug ein dunkelblaues Hemd und einen hellbraunen Pulli mit V-Ausschnitt. Mamas Vetter. Derselbe Ort, unser Wohnzimmer; er saß auf einem Stuhl, Mama und ich auf dem Sofa.

»Bist du bei der Kommunistischen Jugend?«, fragte er mich.

»Ja.«

Das waren wir alle.

»Gut. Warst du schon in der Philosophischen Fakultät?«

»Nein.«

»Solltest du aber. Es ist ein majestätisches Gebäude. Im Erdgeschoss ist die Juristische Fakultät und gleich darüber, im ersten Stock, die Philosophische. In Rumänien, Fane, steht die Philosophie über dem Gesetz, vergiss das nie.«

»Mach ich.«

»Ich mag dich. Bist ein schlauer Junge.«

»Und ein fauler«, sagte Mama.

»Sind sie das nicht alle? Geh in die Bibliothek der Philosophischen Fakultät, Fane. Die ist riesig und hat fünf unglaublich hohe Fenster. Draußen steht vor jedem Fenster eine große Statue, auf deren Sockel ein Name eingraviert ist: Lykurg, Solon, Cicero. Alle fünf kann ich mir nie merken. Und bei jeder Parteiveranstaltung werden sie abgedeckt, alle fünf. Zwei mit Parteifahnen, zwei mit der Trikolore und die in der Mitte, Cicero, mit einem Porträt von Ceaușescu. Einmal war ich bei einer Parteiveranstaltung in der Bibliothek. Ich wollte in einem Buch etwas nachschlagen, ich kannte den Bibliothekar, und ich saß an einem Tisch nahe beim mittleren Fenster, hinter Cicero, und Ceaușescus Porträt schützte mich vor den blendenden Sonnenstrahlen. Die Sonne schien, und ich war im Schatten großer Männerblüte …«

»Möchtest du noch etwas Kirschlikör?«, sagte Mama. Sie hatte ihm ein Gläschen selbst gemachten Kirschlikör hingestellt, den sie von ihrer Schwester hatte, doch sein Glas war noch voll.

»Wenn du in die Philosophische Fakultät kommst«, fuhr er fort, »wirst du auch Parteimitglied. Aber das hat nichts mehr zu bedeuten. Viele sind Parteimitglied. Deine Mutter, ich. Dann machst du deine drei Jahre als Lehrer. Wohin es dich eben verschlägt. Sehr wahrscheinlich in ein vergessenes Dorf. Daran ist nichts zu ändern. Nur dass du in diesen drei Jahren auch Jungredakteur wirst. Ich lege ein gutes Wort für dich ein, dann kommst du in das Redaktionsteam, das die Reihe *Aus den Gedanken von Rumäniens Präsidenten* herausgibt. Da sind schon einige erschienen. Die philosophischen, die ökonomischen Gedanken. Ein Text ist über Kunst und Literatur. Aber die sitzen immer an einem neuen.«

Er hielt inne und lächelte.

»Es gibt nichts auf der Welt, was sein Denken nicht abdeckt. Bis auf eines: Logik. Zu Logik hat er noch nie etwas gesagt. Es würde mich nicht überraschen, wenn sie Logik eines Tages aus dem Lehrplan nehmen. *Aus dem logischen Denken von Rumäniens Präsidenten* – das wäre ein undenkbarer Titel, genauso undenkbar wie *Syllogismen der Bitterkeit*.«

Wieder hielt er inne, um die Wirkung seiner Worte auf uns auszukosten, und das war der reine Terror, kann ich Dir sagen. Er war wie ein mächtiger Bojar, so mächtig, dass er Scherze über den König vor seinen armen Verwandten machen konnte – einer Witwe, die nicht mehr geheiratet hatte, und ihrem halbwüchsigen Sohn. Er kannte mich, seit ich gerade laufen konnte. Er war ein guter Typ, er las Bücher auf Französisch. Er täuschte einen Lapsus vor und sagte: »Comment est-ce qu'on dit ça en roumain?«, als wäre sein Französisch besser als sein

Rumänisch. Auch hatte er ein Fetischwort, ein französisches natürlich, und das war »velouté«, »samtweich« oder »sämig«. Für ihn war vieles samtweich – Weine, Blicke, Röcke. Ich weiß gar nicht genau, womit er seinen Lebensunterhalt verdiente. Mama hatte ihn gebeten, uns mal zu besuchen und mit mir zu sprechen, weil ich jetzt Philosophie studieren wollte und sie keine Ahnung hatte, was ich mit Philosophie einmal anfangen würde.

»Dann bringe ich dich mit einer mächtigen Frau in Kontakt. Sie hat einen Abschluss in Philosophie und wollte Philosophin werden, aber dann brauchte die Partei sie, und so wurde sie Propagandistin. Sie ist jetzt eine große Nummer. Hart, aber im Herzen Romantikerin. Sag ihr, dass Plato dich umgehauen hat. Das wird ihr gefallen, obwohl sie dir dann auch sagen wird, dass Plato nicht verstanden hat, wie die Welt läuft, obwohl er eine kurze Zeit seines Lebens Sklave war – um das zu kapieren, muss man länger Sklave sein. Das wird ihr gefallen, einen idealistischen jungen Mann wie dich auf den guten Pfad des Materialismus zu lenken. Wenn sie dich mag, besorgt sie dir auch etwas in Bukarest.«

Während ich ihm zuhörte, lief plötzlich in meinem Kopf Johann Strauß' »An der schönen blauen Donau«, und seine Worte waren wie ein mächtiger Strudel, und ich hatte nichts, woran ich mich festhalten konnte.

»Im Kapitalismus beutet der Mensch den Menschen aus, im Sozialismus ist es umgekehrt. Diesen Witz habe ich gehört, als ich jung war. Fane, Fane … in unserer Welt sind die Philosophen keine dezenten Exzentriker wie im Westen, die sich durch Parthenogenese vermehren. Dort leben sie in Glashäusern. Die ganzen Unis im Westen, die sind wie Glashäuser. Nicht zu kalt, nicht zu windig. Hier dagegen leben die Philosophen unter den Menschen, hier haben sie Macht, echte Macht, denn für uns ist die Wirklichkeit nicht nur Materie wie im Kapitalismus. Die Materie ist in Bewegung, für sie wie für uns. Wir aber nennen diese Bewegung ›Dialektik‹, und was das ist, weiß niemand. Und indem wir sie so nennen, räumen wir ein, dass die Wirklichkeit ein Mysterium ist, und das bedeutet heilig. Unser Materialismus ist heilig, Fane. Ihrer nicht. Ihr Materialismus ist profan. Deshalb sind wir ihnen überlegen, und deshalb haben unsere Philosophen Macht, weil man glaubt, dass sie Zugang zu dem haben, was heilig ist. Das war das Geniale an Marx, dass er seinen Materialismus dialektisch genannt hat. Das Wort hatte er von Hegel, der sagte, er habe es von Heraklit. Fane, Fane … für einen Philosophen ist Rumänien das Eden. Überleg nur mal. Harmonia, die griechische Göttin: Ihr Name ist praktisch ein Anagramm aus Romania. Du wirst leben wie ein Prinz, Fane. Une vie veloutée. Du brauchst nur zu sagen, dass die Bewegung der Materie dialektisch ist, und darfst nie zugeben, dass du nicht weißt, was das bedeutet.«

»He, Mama, ist das nicht unmoralisch?«

»Was?«

»Philosoph zu sein und nie zuzugeben, dass man nicht weiß, was dialektisch ist?«

»Dann werd eben Schweißer.«

»Du erinnerst dich an diesen Freund von Papa, der in einem Institut arbeitete, wo er nichts zu tun hatte, und der Papa sagte, er will weg von dem Institut, weil es unmoralisch ist, in einem Institut zu arbeiten, das von einem geführt wird, der Parteimitglied ist?«

»Und ob. Der Kerl hat mit den Frauen seiner Freunde geschlafen, und als seine Frau die Scheidung einreichte, hat er seine Freunde gefragt, ob sie bestätigen könnten, dass er eine unglückliche Ehe führte. Auch mit mir hat er geflirtet, einmal. Große moralische Autorität, dieser Freund von Papa. Und sag nichts über meinen Vetter. Dem solltest du dankbar sein. Ich muss dir was gestehen, Fane: Als Paul ging, habe ich mich mit meinem Vetter getroffen und ihm gesagt, dass du einen verrückten Freund hast, der die Donau durchschwommen hat, und er hat gesagt, wir sollten uns keine Sorgen machen.«

Der Sieg des Sozialismus

Ganz plötzlich redete alles über den kommenden Parteitag, der im November stattfinden sollte. Dann kam ein neuer rumänischer Film in ein Kino im Zentrum, das Scala, und über dem Eingang hing ein riesiges Plakat. Darauf stand *November, der letzte Ball.* Das war der Filmtitel. Ein Historiendrama über einen unglücklichen Prinzen, der seine Jugend in Paris verbracht hat und dann in das kleine Dorf zurückkehrt, in dem er als Kind gelebt hat. Ursprünglich hatte der Titel *Der Ort, wo nichts geschah* gelautet, aber der hatte den Zensoren nicht gefallen; das hätte er aber sollen, denn damals hatte im Ostblock eine große Unruhe geherrscht. Jemand, vielleicht der Regisseur, schlug *November, der letzte Ball* vor, was ein Zitat aus dem Film war, und dagegen hatten die Zensoren nichts. Nicht mal der klügste aller Zensoren sieht, was er vor der Nase hat.

Der Parteitag begann am 20. November, über eine Woche, nachdem die Leute auf die Berliner Mauer geklettert waren, doch davon wussten Mama und ich nichts. An dem Tag war ich zu Hause, allein. Ich schaltete den Fernseher an und hörte zunächst nur eine Stimme.

»In unserem Land hat sich der Kalorienverbrauch pro Bürger pro Tag von tausendachthundert Kalorien im Jahr 1950 auf rund dreitausenddreihundert erhöht.«

Das ist eine ungesunde Höhe. Gott sei Dank stimmte es nicht.

Unser Fernseher war ein altes Röhrending, schwarzweiß. Er hieß Miraj. Ein passender Name für einen Fernseher, Fata Morgana.

Dann stieg der Steuermann aus der tiefgrünen Röhre auf. Er trug einen makellosen schwarzen Dreiteiler und keine Brille. Es gab Gerüchte, der Steuermann sei krank, doch als ich ihn sah, wusste ich, dass diese Gerüchte nichts als Wunschdenken waren.

Die Parteidelegierten, Tausende waren es, gaben ihm alle fünf Minuten stehende Ovationen. Dann blickte er in die riesige Halle, worauf die Delegierten sich setzten.

»Nichts währt ewig«, sagte er einmal.

Doch er widersprach sich selbst. Er war wie er selbst, ewig und stets derselbe, und Rumänien war das Land, in dem nie etwas geschah.

Am nächsten Tag ging ich zur Goldenen Höhle, doch die Goldene Höhle gab es nicht mehr. Sie war in der Nähe einer Leichenhalle gewesen, und auch die war verschwunden. Das ganze Viertel war verschwunden. Es war nur noch eine weite, mit Schutt bedeckte Ebene voller Hunde. In der Gegend hatten viele Leute einen Hund gehabt. Die Hunde waren noch immer da. Ich betrachtete sie, und da frischte der Wind auf, und unter dem Staub, der alles überzog, zitterte etwas. Es waren Blätter Papier. Ich hob eins auf, dann noch eins und noch eins. Es waren Totenscheine. Auch sie gingen nicht weg, die Totenscheine. Der Wind hatte sie wiederbelebt. Dann wurde der Wind stärker, und die Scheine hoben ab, flogen über meinem Kopf herum. Sie zogen eine Staubspur hinter sich her, und ich hielt mir die Hände vors Gesicht. Als ich die Augen wieder öffnete, waren sie nicht mehr da.

Ich wusste, dass ganze Viertel abgerissen worden waren, um Platz für ein pharaonisches und paranoides Projekt zu schaffen, in dessen Zentrum ein riesiger Palast stand – das Haus des Volkes, das künftige Büro des Generalsekretärs der Partei. Ich weiß nicht, warum, aber damals musste ich bei dem Wort »Sekretär« an topsecret denken; der Kommunismus versteckt sich gern: Das ist sein Wesen. Neben dem Haus des Volkes war auch noch ein anderes Amtsgebäude errichtet worden. Houses of the Holy.

Direkt vor dem Haus des Volkes entstand ein Boulevard, größer als die Champs-Élysées: der Boulevard des Sieges des Sozialismus. Der Boulevard des Sieges des Sozialismus über uns, wurde gewitzelt.

Jenen Teil der Stadt hatte ich lange gemieden, aber Mama kam fast täglich auf dem Weg zur Arbeit daran vorbei. Einmal sah sie, wie die Kuppel einer Kirche mit einer riesigen Stahlkugel, die an einem Kran hing, zerstört wurde. Die Kuppel war eingebrochen, aber die Kugel schwang noch, und die Arbeiter bekreuzigten sich. Ein andermal kam sie an einer Häuserreihe vorbei, die halb eingerissen war, und in einem sah sie ein altes Paar, das sich bettfertig machte.

Es gibt nichts, was du nicht kannst

Ich werde meine Zulassungsunterlagen mit falschen Zitaten aus Reden von Ceaușescu abrunden. Ich werde in die Philosophische Fakultät kommen und dann zu Gott beten, er möge dafür sorgen, dass sie Logik im Lehrplan behalten. Dann werde ich durch alle Logik-Examen fallen und mich nach einer alten Schwedin umsehen. Jemand, der mit einem Schal über Nase und Mund aufwuchs und mit Watte in den Ohren, kann niemals die Donau durchschwimmen, nicht mal im Juli, daher muss ich eine alte Schwedin finden und sie heiraten. Von

Schweden wandere ich dann nach Kanada aus, dann spiele ich in Toronto mit Paul in einem Restaurant, in dem man so viel essen darf, wie man kann. Ich muss nur meine Phantasie gebrauchen.

Das würde ich mir dann jeden Tag sagen.

Dezember neunundachtzig

1

Am 21. Dezember weckte Mama mich ganz frühmorgens. Ich musste ihr versprechen, das Haus nicht zu verlassen, solange sie weg sei, einen Tag oder zwei.

»Meine Schwester hat angerufen. Sie braucht Geld. Ich fahre mit der Bahn. Im Kühlschrank ist Suppe. Und mach den Fernseher an.«

»Warum soll ich den Fernseher anmachen?«

»Tu, was ich dir sage. Und geh nicht raus, ja?«

Ihre Schwester lebte in einer Kleinstadt nicht weit von Bukarest; sie wohnte allein in einem alten Haus, bei dem ständig Reparaturen anfielen. Mama ging, und ich legte mich wieder ins Bett.

Als ich aufwachte, machte ich den Fernseher an und hörte zunächst eine Stimme.

»Liebe Genossen und Freunde …«

Dann erschien der Steuermann.

»Ich möchte Ihnen einen warmen, revolutionären Gruß entbieten …«

Der Steuermann und seine Frau standen auf dem Balkon des Zentralkomitees, also der Parteizentrale. Sie trugen luxuriöse Mäntel: seiner war schwarz, zweireihig und hatte einen schwarzen Pelzkragen, ihrer war etwas heller mit einem dicken, dunklen Pelzkragen. Vor dem Gebäude des Zentralkomitees standen Tausende Menschen, viele hielten Porträts des Steuermanns und seiner Frau hoch. Es war ein sonniger Tag.

»Auch möchte ich den Organisatoren dieser großen Volksversammlung danken …«

Und dann wurde in der Versammlung geschrien, ja, geschrien, und er verstummte und blickte auf das Menschenmeer vor ihm, auf dem sein Gesicht und das seiner Frau trieben. Es wurde noch mehr geschrien, dann wurde der Bildschirm leer. Die Übertragung war unterbrochen.

Mein Radio stand auf der Kommode, neben dem Fernseher, und hinter der Kommode meine Gitarre. Ich schaltete das Radio an, holte die Gitarre hervor und stöpselte sie ein. Dann schloss ich die Augen und imaginierte mich auf dem Dach des Zentralkomitees, in den Händen meine rote Gitarre.

»Erneut müssen wir mit aller Kraft …«

Der Bildschirm war wieder zum Leben erwacht und der Steuermann wieder erschienen.

Inzwischen waren die Röhren des Radios warm geworden, und ich spielte die Anfangsriffs von »Mistreated«.

»Ich möchte Ihnen gern einen wichtigen Beschluss mitteilen ... heute Vormittag haben wir beschlossen, dass der Mindestlohn vom ersten Januar an um zehn Prozent erhöht wird.«

Er war unaufhaltsam, aber ich auch.

»Vom ersten Januar an wird auch das Kindergeld erhöht.«

Mit aller Macht schlug ich die Saiten an. Ich hatte ein dickes, hartes Plektrum.

»... und die Frauen werden bei der Geburt ihres ersten Kindes eine Prämie erhalten ...«

Mir tat die rechte Hand weh; ich schaute hin und sah Blut auf den Fingern. Und dann war es, als wäre Paul neben mir und schlüge heftig auf die Basstrommel.

»... ebenso haben wir beschlossen, dass die Hinterbliebenenrente um einhundert ...«

Dann machte ich etwas, was nur Ritchie Blackmore konnte. Ich schmiss die Gitarre auf den Boden, sprang mit den Füßen darauf, packte sie am Hals und haute sie in den Fernsehschirm.

2

Am nächsten Tag weckte mich ein kräftiges Klopfen an der Tür. Ich stand auf und schaute durch den Spion.

»Wer ist da?«

»Fane?«

»Ja.«

Es war Marcel, ein Typ, der ganz oben wohnte; er war Mitte dreißig, Single. Ich öffnete die Tür, er stieß mich beiseite und ging ins Wohnzimmer, und da sah er meinen Fernseher. Wo der Bildschirm gewesen war, war nun ein dunkles Loch, und Marcel blinzelte ein paarmal, als sähe er eine optische Täuschung. Neben dem Fernseher war meine rote Gitarre; den Hals entlang war ein tiefer Riss.

»Sie sind geflohen«, sagte er schließlich. »Auf dem Dach des Zentralkomitees ist ein Hubschrauber gelandet, und sie sind geflohen.«

»Entschuldige, wer ist geflohen?«

»Ceauşescu und seine Frau, wer sonst könnte wohl vom Zentralkomitee fliehen?«

»Aber warum?«

»Was meinst du, warum? Weil sie das Zentralkomitee gestürmt haben.«

»Wer denn?«

»Weißt du denn nicht, was gestern passiert ist? Nach der Kundgebung? Komm, wir gehen zu mir. Der Fernsehsender ist jetzt in der Hand des Volkes!«

Sein Ton war so diktatorisch, dass ich ihm folgte, wie ich war, im Schlafanzug.

»Was ist denn nach der Versammlung passiert?«, fragte ich ihn auf der Treppe zu seiner Wohnung.

»Leute sind zu dem Restaurant Donau am Magheru Boulevard gegangen und haben eine Barrikade errichtet, und der Boulevard war wie ein Menschenstrom, und wie aus dem Nichts kam Militär, und als es dunkel wurde, brach die Hölle los. Da sind Leute gestorben, Mann. Vor dem Donau. Junge Leute. Und heute Morgen war der Magheru wieder ein Strom, der floss zum Zentralkomitee, dann landete ein Hubschrauber auf dem Dach des Zentralkomitees, und sie sind geflohen. Wie spät ist es?«

»Weit nach zwölf, würde ich sagen.«

Wir gingen in sein Wohnzimmer, und er stellte den Fernseher an. Auch seiner war ein Miraj. Wir standen davor, und zunächst hörten wir eine Stimme.

»Brüder, dank Gott sind wir jetzt im Fernsehstudio.«

Und dann materialisierte sich die Stimme.

»Den kenne ich«, sagte Marcel.

»Wer ist das?«

»Hamlet.«

»Hamlet?«

»Ja, das ist ein Schauspieler. Den hab ich gesehen.«

»Wo?«

»In *Hamlet*, Mann.«

Hamlet und eine Gruppe standen vor einem Tisch. Hamlet schaute auf einen Typen neben ihm und sagte: »Vor euch steht unser Held, der Dichter.«

»Den kenne ich auch. Das ist ein Dissident.«

»Ein Dissident?«

»Ja, ein Dissident. Du siehst, in Notzeiten sind Dichter nicht vollkommen nutzlos.«

»Bitte seht ihn euch an«, sagte Hamlet und zeigte auf den Dichter. »Er arbeitet.«

Hamlet, der Dichter und andere standen vor einem großen Tisch. Auf dem Tisch vor dem Dichter war ein aufgeschlagenes Notizbuch.

»Schauen wir nun auf Gott«, sagte der Dichter.

Er war blass und schien wie aus einer anderen Welt.

»Er sieht aus wie ein Gespenst«, sagte ich.

»Er will Rache.«

»Rache?«

»Bist du vielleicht mal still? Geh nach Hause, wenn du's nicht sehen willst.« Er drehte den Miraj voll auf, dann schrie der Dichter: »Wir haben gesiegt! Wir haben gesiegt!«

3

Als ich wieder unten war, stand Mama in der Küche. Sie nahm mich in die Arme und fragte mich: »Was ist mit unserem Fernseher passiert?«

»Hast du Hamlet gesehen?«

»Haben sie dich auf den Kopf geschlagen?«

»Der Magheru ist ein Strom geworden. Auf dem Dach des Zentralkomitees ist ein Hubschrauber gelandet, und sie sind geflohen. Mama, wir sind frei! Das hat der Dichter gesagt.«

Mama sagte nichts und ging in die Küche. Auf dem Tisch war ein Tablett mit ihren typischen Schichtkuchen. Eigentlich zwei Schichten, dazwischen eine Walnusscreme.

»Die habe ich gestern bei meiner Schwester gebacken. Sie hat mir alles gegeben, Mehl, Eier, ein wenig Sahne. Walnüsse. Aber Kakao hatte sie keinen, deshalb konnte ich die Glasur nicht machen. Ich mach jetzt die Glasur, danach können wir über Ceaușescu reden, ja? Irgendwo muss ich doch noch Kakao haben …«

Dagegen ist nichts einzuwenden, dachte ich. Das solltest Du über meine Mama wissen: Kochen ist ihr Yoga.

»Könnte nur Paul hier sein«, sagte sie.

Paul war ganz verrückt nach diesem Kuchen. Als Paul ihn das erste Mal aß, fragte er mich, wie dieses wunderbare Dessert heiße, und ich sagte, es habe keinen Namen. Dann betrachtete er die makellose Schokoglasur und sagte: »Nennen wir ihn Gerdas Hintern. Ich hatte mal eine Freundin, Gerda.« Ich lachte, auch wenn ich den Witz nicht verstand, aber ab da nannten Paul und ich den Kuchen so. Mama kam dahinter, regte sich aber nicht auf.

Dann drangen vom Treppenhaus her laute Geräusche zu uns. Ich öffnete die Wohnungstür und sah, wie Tanti Niculina eine riesige Tasche die Treppe herunterzerrte. Tanti kommt von *Tante*; jeder nannte sie Tanti. Als sie mich sah, sagte sie: »Eine Bombe, Fane, sie haben eine Bombe gelegt.«

»Eine Bombe? Wo?«

»Im Busdepot, unterm Benzintank.«

Wir wohnten in der Nähe eines Busdepots. Den ganzen Tag standen Busse mit laufendem Motor vor dem Depot Schlange, und das Viertel war in Rauch gehüllt wie eine Rockbühne.

»Sag's deiner Mutter, Fane, und geht. Geht, sobald ihr könnt.«

»Woher weißt du von der Bombe? Kam das im Fernsehen?«

»Zwei Leute, die dort arbeiten. Die haben Alarm ausgelöst. Das weiß ich von Madame Visarion.«

»Und wer hat die Bombe gelegt?«

»Die Terroristen. Allmächtiger, Fane! Schnapp deine Mama und hau ab! Sag ihr, sie soll ihren Ausweis mitnehmen und du deine Geburtsurkunde. Gott, du bist ja gar kein Kind mehr.«

Ich ging in die Küche und schrie Mama an: »Wir müssen den Block evakuieren. Es gibt eine Explosion.«

»Ich kann nicht«, sagte sie, »ich muss die Glasur machen.«

Ich zerrte sie aus der Küche, dann gingen wir.

»Wohin gehen wir?«, fragte sie. Unter ihrem Mantel hatte sie noch immer ihre Schürze an.

»Zu Pauls Vater«, sagte ich.

»Weiß er, dass wir kommen? Vielleicht hat er ja zu tun.«

4

Vor unserem Wohnblock war eine Schaukel. Jemand hatte sie von dem Spielplatz in der Nähe genommen und mitten auf die Straße gestellt. Ein hübsches Bild. Die Barrikade der Unschuld.

Wir liefen an der Garibaldi-Büste und der ehemaligen Ford-Fabrik vorbei. Die Straßen waren verlassen.

Dan öffnete die Tür, dann spürte ich etwas am Bein. Es war Pirat.

»Pirat, schau mal, wer uns da besucht. Fane, Pirat. Fane und seine Mutter. Kommt doch rein. Habt ihr's gehört? Er ist geflohen. Was bedeutet, dass mein flüchtiger Sohn jetzt nach Hause kommen kann. Unser Paul, Pirat, der kommt nach Hause und stellt eine Band zusammen, und er holt Fane in seine Band, dann machen sie eine Welttournee. Und unsere neue Regierung gibt allen zurückgekehrten Flüchtlingen einen Gutschein über viel Geld, damit sie alles an Ausrüstung kaufen können, was sie brauchen, sogar eine Anlage. Und das ist dann ein zinsloses Darlehen. Gott segne Rumänien! Meine Dame, möchten Sie einen Pflaumenschnaps?«

»Eigentlich«, sagte Mama, »hätte ich gern eine Tasse Tee, wenn es keine Umstände macht.«

»Eine Tasse Tee, ja, ein Tee wäre hervorragend. Einen kleinen Moment, bitte. Aber leider ist uns der Zucker ausgegangen, glaube ich. Und ich habe auch nichts Süßes.«

»Schade, dass ich keine von meinen Kuchen mitgebracht habe. O Gott!«

»Ist was passiert?«

»Nichts, nichts«, sagte Mama und nahm dabei ihre Schürze ab. »Bitte entschuldigen Sie. Ich war gerade dabei, die Glasur zu machen, aber dann hat Fane gesagt, das Busdepot würde explodieren. Fane, lauf doch schnell mal zurück und hol ein paar Kuchen. Leider sind sie noch unglasiert.«

»Bestimmt schmecken sie auch so toll.«

»Die Glasur spielt eine ganz bestimmte Rolle … Fane, Schatz, was ist denn? Du bist ja ganz weiß.«

»Lassen Sie den Jungen mal«, sagte Dan. »Ich gehe. Da ist bestimmt keine Bombe. Wenn Sie mir die Schlüssel geben wollen … Wo sind die Kuchen denn?«

»In der Küche, auf dem Tisch.«

»Bin gleich wieder da. Setzen Sie sich doch und sehen Sie fern.«

Mama gab ihm die Schlüssel, dann zog sich Dan einen alten Mantel über.

»Ach, eins noch«, sagte er, bevor er ging. »Wissen Sie, was auf den Nummernschildern aller Wagen steht, die in Ontario zugelassen sind? Das hat mir Paul gesagt, als wir das letzte Mal gesprochen haben. Da kommen Sie nie drauf. Yours to discover. Ist das zu glauben?«

5

Im Fernsehen waren viele Zivilisten, ein paar Generäle, ein Priester. Männer, allesamt Männer. Es war eine Live-Übertragung aus einem Studio des Senders. Aufrufe, Ruhe zu bewahren, patriotische Reden, Botschaften, Befehle. Order, Ordnung zu schaffen. Dann erschien ein Typ auf dem Bildschirm.

»Wir haben Informationen übers Wasser. Sehen Sie sich vor! Kriminelle Elemente haben das Wasser vergiftet. Trinken Sie kein Leitungswasser! Achten Sie auf Ihre Kinder.«

Ich ging ins Bad und drückte mit den Fingern hinten auf meine Zunge. Ich versuchte vergeblich zu erbrechen. Ich wusste nicht mehr, ob ich an dem Tag schon Wasser getrunken hatte. Aber ich wollte nicht Wasser erbrechen, sondern Angst.

»Fane, bist du krank?«

»Geht gleich wieder.«

»Beeil dich, sie haben Nicuşor.«

»Wen?«

»Ihren Sohn. Beeil dich.«

Ich wusch mir das Gesicht und setzte mich neben Mama vor den Fernseher.

»Hier haben wir den Kronprinzen«, sagte der Typ, der verkündet hatte, dass das Wasser vergiftet ist.

Nicuşor hatte Angst und eine Schramme im Gesicht. Ein Prinz, der arm geworden war.

Dann waren in der Ferne Maschinengewehrsalven zu hören. Sie kamen immer näher. Und eine Kugel schlug ins Fenstersims ein. Die Scheibe sprang. Pirat bellte, ich zitterte. Das echte Geräusch von Kugeln, wenn sie auf etwas treffen und wegprallen, ist ganz anders als das, was man im Film hört. Von echten Kugeln vibriert die Luft. Es ist wie der Unterschied zwischen einem Schlagzeug, vor dem man steht, und einem, das man auf einer Platte hört.

»Wir müssen weg«, sagte ich. Ich war jetzt ein schlechter Schwimmer, der versuchte, den Fluss meiner Angst zu durchqueren.

»Du meinst, zurück nach Hause? Wir haben aber keine Schlüssel …«

»Nein, wir müssen auf ein höheres Stockwerk, hier sind wir zu niedrig.«

»Du glaubst, höher ist besser?«

»Jetzt ja, Herrgott! Die bringen alle auf den unteren Stockwerken um.«

»Fane, beruhige dich! Komm, trink etwas Wasser.«

Ich verließ Dans Wohnung, ging in einen oberen Stock und klopfte an einer Tür. Der Block war vier Stockwerke hoch. Ein kleines Mädchen im Schlafanzug öffnete.

»Mach das Licht aus!«, schrie ich sie an. »Und ruf deine Eltern. Ich will mit ihnen sprechen.«

»Die sind nicht da. Ich bin bei meinen Großeltern. Und die schlafen.«

»Lass mich rein, ich muss sie wecken.«

»Die sind beide taub. Ich kenn dich. Ich hab dich schon mal gesehen.«

»Lass mich rein«, sagte ich, schob sie beiseite, ging in die Wohnung und in ein Zimmer, aber es war dunkel, und ich stieß gegen einen Stuhl und fiel über etwas Weiches.

»Was in Herrgotts Namen ist hier los?«, sagte eine Stimme; sie kam unter meiner Brust hervor. Dann wurde es hell. Ich lag auf einem Schlafsofa neben einem alten Mann mit geschlossenen Augen und auf einer alten Frau, deren Gesicht teilweise mit einem Federbett bedeckt war. Neben dem Sofa saß das kleine Mädchen auf einem Hocker und sah mich schweigend an. Und dann kamen Geräusche – ein Beat, ein abgehackter Beat. Ein Maschinengewehr? Nein, jemand klopfte an die Tür. Ein Terrorist! Aber warum würde ein Terrorist anklopfen? Ich muss mich verstecken, dachte ich, nur wo? Unter dem Schlafsofa?

Dann kam Mama rein.

»Fane, du musst runterkommen.«

6

Unter dem Porträt von Proust stand ein Typ. Er war füllig und trug einen alten Pulli. Er hatte einen komischen Namen, Mintschowski oder so. Er sagte uns, an einer Kreuzung in der Nähe des Zentralkomitees hätten zwei Zivilisten seinen Wagen angehalten und ihn gefragt, ob er einen Verwundeten ins Krankenhaus fahren könne, was er bejahte. Sie brachten den jungen Mann her und legten ihn auf den Rücksitz. Sie sagten, er sei vor dem Muzica angeschossen worden. Der junge Mann war bei Bewusstsein; er hieß Paul. Er war im Gesäß getroffen worden und hatte viel Blut verloren. Als sie am Krankenhaus waren, gab dieser Paul ihm diese Adresse. Er sagte ihm, sein Vater wohne dort, und er solle dorthin fahren und seinem Vater sagen, dass er im Krankenhaus sei.

»Ja«, sagte ich, »hier wohnt ein Mann, der einen Sohn namens Paul hat, aber sein Sohn lebt in Kanada. Er lebt in Toronto, in einer Einzimmerwohnung über einem Restaurant, in dem man so viel essen darf, wie man kann, in einem Wohnblock mit der Nummer 92000 in einer Straße, die praktisch endlos ist. Der kann es also nicht sein.«

Aus dem logischen Denken Fanes. Auch das wäre ein undenkbarer Titel.

»Wir dürfen keine Zeit verlieren«, sagte Mintschowski. »Ich kann dich zum Krankenhaus fahren. Es ist nicht weit.«

Mama schlug sich die Hände auf den Mund und sagte: »Das kann er nicht sein. Fane, wo gehst du denn hin?«

Ich ging nicht mit, weil ich dachte, der Typ sei Paul. Ich ging, weil ich mich schämte. Mich meiner Angst schämte.

Der Rücksitz von Mintschowskis Wagen, ein Lada, war voller Blut, und bei dem Anblick wurde ich fast ohnmächtig. An der Notaufnahme des Krankenhauses ließ er mich raus. Krankenwagen, Ärzte, Schwestern, Tragen, Verwundete. Es dauerte eine Weile, bis ich mit einer Schwester sprechen konnte. Ich sagte ihr, ich suche nach einem jungen Mann, dem man in den Arsch geschossen habe, und sie sagte, ich soll da auf sie warten. Nach einer halben Stunde kam sie wieder und sagte, ich soll ihr folgen. Wir liefen durch viele Gänge, und im Kopf repetierte ich meine Rede: »Es war ein Missverständnis, aber ich helfe Ihnen, Ihren Vater zu finden.« Endlich traten wir in ein Zimmer. Es war schon Nacht, und das Zimmer war nur schwach beleuchtet.

Darin waren zwei Betten, eins war leer. In dem anderen Bett lag ein alter Mann. Seine Haare waren so weiß, dass ich dachte, jemand habe ihm Mehl darauf geschüttet.

»Unterm Bett ist ein Rucksack«, sagte die Schwester. »Der gehört ihm. Bist du ein Freund? Geh in die Leichenhalle. Sie ist im Untergeschoss. Er braucht Kleider.«

Sie ging, und ich setzte mich auf das leere Bett. Ich öffnete den Rucksack und durchwühlte hektisch die wenigen Sachen, die drin waren. Meine Finger glitten über eine glatte Fläche. Es war ein Plastikhefter. Darin war Pauls Künstlerausweis, ausgestellt vom Rat für Kultur und Sozialistische Bildung, sowie ein kanadisches Reisedokument, an dem sein Foto steckte; darauf waren etliche Stempel, Einreisevisa.

In der Ferne waren Maschinengewehre zu hören. Ich schaute auf den Alten in dem anderen Bett und trat dann ans Fenster. Am schwarzen Himmel waren die unbegreiflichen Bahnen von Leuchtspurgeschossen. Es war, als kümmerte sich niemand mehr um Geschossbahnen.

7

Während Paul im Krankenhaus starb, kehrte Dan mit einem Tablett mit Gerdas Hintern zurück nach Hause; dieses Mal unglasiert.

8

Paul flog von Toronto nach Amsterdam und von dort aus weiter nach Wien. In Wien nahm er den Zug nach Budapest, wo er am 20. Dezember eintraf. Die Ungarn hatten im November ihre Grenze geöffnet, vielleicht auch früher. Von Budapest fuhr er mit dem Bus in eine Stadt nahe der rumänischen Grenze. Die Fahrscheine waren alle in seinem Rucksack. Sein kanadisches Reisedokument enthielt kein rumänisches Visum. Ohne ein solches hätte er nicht nach Rumänien einreisen können. Ich meine, legal. Und bestimmt stand er auf einer schwarzen Liste. In Ungarn fand er wahrscheinlich einen, der bereit war, ihn nach Rumänien zu bringen; Paul bezahlte ihn mit harter Währung, dann überquerten sie die Grenze. Er war eben doch nicht so ein einseitig entwickelter Schlagzeuger.

Vermutlich traf er in Bukarest am 22. Dezember abends ein.

9

Am ersten Weihnachtstag wurde er begraben. Dan, Mama und ich. Das war's. Pirat wurde zu Hause gelassen; Dan hatte die Leine nicht gefunden. Es war ein Wunder, dass Dan alles innerhalb von zwei Tagen arrangiert bekommen hatte. Sarg, Priester. Er rief ein paar Verwandte an, aber die kamen nicht. Noch immer waren Maschinengewehrsalven in der Stadt zu hören, und die Leute hatten Angst, das Haus zu verlassen. Alle wussten, dass etwas Unumkehrbares geschehen war, aber niemand wusste, wie es weitergehen würde. Die Lage war wie eine Melodie ohne tonales Zentrum.

Als ich zur Friedhofskapelle kam, war Paul schon da. Der Sarg war offen; wer immer sich in der Leichenhalle seiner angenommen hatte, hatte gute Arbeit geleistet. Er trug einen von Dans Anzügen.

Ein junger Priester kam und begann mit seinem Ritual. Er schritt mit dem Weihrauchgefäß um den Sarg herum, Dan gab ihm eine Flasche, mit der er aus Rotwein ein großes Kreuz auf Pauls Brust machte. Der Wein befleckte Pauls weißes Hemd und die blaue Krawatte. Es war klar, dass das jetzt nicht mehr wichtig war.

Nach dem Begräbnis holte Dan alle unglasierten Gerdas Hintern aus einer Tasche, die er mitgebracht hatte, und schenkte sie einem alten Mann, der vor der Kapelle saß. Dann sagte er, er wolle noch eine Weile dort bleiben, auf einer Bank nicht weit vom Grab.

Als Mama und ich nach Hause kamen, schrien Kinder vor unserem Wohnblock: »Sie sind tot, wir haben's geschafft! Sie sind tot, wir haben's geschafft!«

10

Am 22. Dezember, kurz vor Mittag, landete ein Hubschrauber auf dem Dach des Zentralkomitees, als Demonstranten schon hineinstürmten. Der Steuermann und seine Frau nahmen den Aufzug, und wie in einem B-Movie oder vielleicht auch einem A blieb der Aufzug zwischen zwei Stockwerken kurz vor dem obersten stecken, und Leibwächter mussten die Tür aufbrechen. Endlich waren sie auf dem Dach. Dort waren schon eine ganze Menge Leute, die in den Hubschrauber wollten. Letztlich kamen nur sechs rein: die Ceauşescus, zwei Leibwächter und zwei hohe Funktionäre.

Der Steuermann sagte dem Piloten, er solle zu einer seiner Residenzen außerhalb von Bukarest fliegen, am Ufer des Snagov-Sees, wo sie auch landeten. Dann hob der Hubschrauber wieder ab, nun aber nur mit den Ceauşescus und den beiden Leibwächtern. Als sie schon in der Luft waren, erhielt der Pilot über Kopfhörer die Mitteilung, Ceauşescu sei nicht mehr am Ruder, worauf der Pilot Ceauşescu sagte, sie müssten landen, weil sie inzwischen bestimmt auf dem Radar der Luftwaffe seien und mit Sicherheit sehr bald beschossen würden. Das war ein Bluff, doch Ceauşescu glaubte ihm und sagte, er solle landen. Sie landeten auf einem Gerstenfeld. Ceaușescu, seine Frau und die beiden Leibwächter stiegen aus, dann hob der Hubschrauber ab. Spätestens jetzt muss ihm klar geworden sein, dass der Pilot nur geblufft hatte, doch da war es schon zu spät. Dann verschwanden die Leibwächter. Der Steuermann und seine Frau waren das bestbewachte Paar des Landes gewesen, und nun standen sie auf einem Gerstenfeld. Und in der Gerste war kein Fänger.

Vom Dach ihrer Zitadelle zu einem verlassenen Gerstenfeld: Das ist einer der größten Schnitte der Geschichte.

Einige Stunden später wurden sie festgesetzt und zu einem Militärstützpunkt in der Stadt Târgoviște gebracht. In der Zeit Vlad des Pfählers war das die Hauptstadt der Walachei. Zum Pfählen braucht man so einen. Am ersten Weihnachtstag wurden sie in dem Militärstützpunkt vor Gericht gestellt, verurteilt und hingerichtet.

Als die Soldaten sie zum Hinrichtungsort führten, sagte seine Frau zu ihnen, dass sie sich schämen sollten, weil sie sie wie eine Mutter großgezogen habe. Sie war die Mutter der Erfindungen. Sie starben in ihren luxuriösen Mänteln. Jemand filmte die Hinrichtung. Die Kamera ging an sie heran, und ihre Mäntel waren blutbefleckt und mit einer dünnen Staubschicht von der Mauer hinter ihnen überzogen.

Mama sagte, dass Ceaușescu wohl der einzige Präsident der Geschichte sei, der nie seine Frau betrogen hat, und dass sie sich, als sie in dem Hubschrauber vom Dach des Zentralkomitees abhoben, bestimmt wie zwei Liebende auf der Titanic vorkamen.

Die Mühle und die Fender

1

Anfang 1990 gab es auf unserem einzigen Fernsehkanal jeden Abend ein Shakespeare-Stück der BBC, gefolgt von dem gefilmten Prozess gegen etliche von Ceaușescus wichtigsten Höflingen. Nach einer Weile ging ihnen der Shakespeare aus, und uns blieb nur der Prozess – eine ganz klägliche Tragödie ohne besonders viel im Subtext.

Mamas Vetter, der uns gesagt hatte, dass Harmonia ein Anagramm von Romania ist, ging nach Frankreich und kam nie wieder zurück.

»Wir sind den Steuermann losgeworden, und jetzt sind wir ruderlos«, sagte Mama, als sie davon erfuhr.

Einmal kaufte ich eine Flasche Bastion und betrank

mich damit. Ich ging auf mein Zimmer und schrie laut wie ein Verrückter: »Ich will an die Philosophische Fakultät, alle Logik-Examen schmeißen und mir eine Fender Stratocaster kaufen. Weil es nicht genügt, über abstrakte Dinge zu schreiben, obwohl auch die nötig sind. Es ist schön, ein gutes Liebesgedicht zu hören, aber das genügt nicht. Daher will ich nach Kanada auswandern, und dort spiele ich dann in einem Restaurant, wo man so viel essen darf, wie man kann. Dazu muss ich nur meine Phantasie benutzen.«

Das war wohl das erste Mal, dass ich mich so betrank.

»Hast du von den Protesten an der Philosophischen Fakultät gehört?«, fragte mich Mama am Tag danach.

»Welche Proteste?«

»Einige Studenten verlangen, dass die Logik aus dem Lehrplan gestrichen wird. Das ist kein Witz. Ich hab's im Radio gehört. Gestern. Fane, jetzt wo wir frei sind, würde ich sagen, du bleibst dieser Fakultät lieber fern. Dialektik ist passé. Jetzt haben wir nur noch den Materialismus.«

Ich rief Virgil an, um ihm von Paul zu erzählen, und da sagte er mir, dass er jetzt Geschäftsmann geworden sei.

»Ich habe dreitausend Eier gekauft. Die habe ich ganz billig bekommen. Für Ostern.«

»Ja, aber Ostern ist doch erst in einem Monat.«

»Mann, ich hab sie echt billig gekriegt. Wenn dann Ostern ist, habe ich dreitausend Eier zu verkaufen. Den Profit wechsle ich dann ganz in amerikanische Dollar.«

Er verkaufte nur zweihundert, und am Karfreitag aß er dann sechs Eier am Tag, um den Schaden zu verringern, obwohl jeder ihm erzählt hatte, es sei eine Sünde, während der Karwoche Eier zu essen. Als ich Mama von Virgil erzählte, bekreuzigte sie sich.

»Ich weiß, du hast was gespart«, sagte ich zu ihr am Beginn des Sommers. »Ich möchte mir gern eine elektrische Gitarre kaufen. Eine neue. Bitte.«

»Nach deinem Abschluss. Und wenn du mir versprichst, du bewirbst dich dann nicht auf die Philosophische Fakultät.«

Ich ging zur kanadischen Botschaft. Dann zu denen von Großbritannien, Deutschland und Frankreich. Vor der deutschen Botschaft schliefen Leute auf der Straße, um ihren Platz in der Schlange zu behalten. Sie wollten nur ein Visum. Im Umkreis dieser Botschaften gab es keine öffentlichen Toiletten.

Ich war offiziell für wehruntauglich erklärt worden – Kurzsichtigkeit –, also versuchte ich gar nicht erst, an die Uni zu kommen, nur um weniger Zeit in der Armee zu verbringen. Am Tag meines Schulabschlusses sagte mir Mama, dass sie gern ihr ganzes Geld abheben würde – die Ersparnisse eines langen Lebens.

»Ich hab's nicht vergessen. Ich kaufe dir eine elektrische Gitarre.«

»Eine Fender Stratocaster«, sagte ich.

Am nächsten Tag gingen wir in eine Bank, da hob sie ihr ganzes Geld ab, in bar. Nachdem der Angestellte ihr die Kohle gegeben hatte, sagte sie zu ihm, sie werde ihrem Sohn damit als Geschenk zum Schulabschluss eine elektrische Gitarre kaufen. Der Mann lächelte und meinte, um was Elektrisches zu kaufen, bräuchte sie mehr als das. Mama lächelte zurück und sagte, nachdem wir gegangen waren: »So ein Blödmann.«

Mit dem ganzen Geld konnten wir nur eine mechanische Kaffeemühle kaufen, die wir nie benutzten, weil Mama und ich Pulverkaffee mochten; Mama hat sie noch immer, in einem Schrank, in der Originalverpackung, eingeschlagen in der Originalplastikfolie.

Ich ging zur Grotte, doch Die Grotte war leer. Sie war verlassen. Und aus dem Patria war ein Lagerverkauf geworden. Das alte Kino war jetzt voller Leute auf Schnäppchenjagd – Schuhe, T-Shirts, Fernseher. Ich fuhr zu einigen Dörfern in der Umgegend und fragte nach einer alten Frau namens Agripina, bei der ihre Enkelin wohne. In einem Dorf sagte mir eine Frau, sie kenne eine namens Agripina, die mit ihrer Enkelin zusammengelebt habe. Aber die sei gestorben, und ihre Enkelin sei mit ihrem kleinen Jungen nach Amerika gegangen.

»Nach Amerika?«

»Ja.«

»Mit ihrem Sohn?«

»Soweit ich weiß, hatte sie einen Jungen.«

»Hat sie Ihnen eine Adresse gegeben?«

»Eine Adresse? Warum das?«

»Hat sie Sie angerufen?«

»Natürlich nicht.«

Männer kapieren nicht das Offensichtliche, sogar Homer ist das passiert.

2

Meine erste Stelle war bei einer Autoleasingfirma. In der Anzeige stand: »Englisch sehr gut, Rumänisch annehmbar.« Nicht ganz so neue deutsche Autos, die wie neu aussahen. Nachdem ich die Stelle angetreten hatte, stellte ich meinen Einkauf auf den Küchentisch – zarter Schinken und was nicht alles –, und Mama seufzte und erzählte mir, wie gesund wir gegessen hätten, bevor sie Ceaușescu erschossen, der uns keine Auslandsschulden und kein schlechtes Cholesterin hinterlassen habe.

»Wir haben uns selbst misshandelt«, sagte sie einmal, und als sie zu Gemüsesuppen zurückkehrte, zog ich aus. Ich mietete eine kleine Wohnung in der Nähe eines Lebensmittelladens namens *Angst*, der zu einer Kette gehörte.

Eines Nachts träumte ich, dass die ganze Welt eine Bühne geworden war, auf der eine freie Adaption von *Hamlet* gespielt wurde. Es gab keine Gespenster, Hamlet und sein Onkel hatten eine sehr erfolgreiche Firma gegründet, die Ohrstöpsel produzierte, und alle Leute, die in dem Schloss wohnten, tranken sehr gelbe Limonade. Am nächsten Morgen verspürte ich den Drang, etwas in den Fernseher zu schmeißen; ich tat es nicht.

In ich weiß nicht welchem Jahr kam John McLaughlin mit einer Band namens Free Spirits nach Bukarest. Ein Trio – Gitarre, Schlagzeug, Orgel. Ich kaufte eine Karte, ging dann aber doch nicht hin; mir war nicht danach, zu dem Konzert allein zu gehen. Sie spielten im Sala Palatului, demselben, in dem Ceaușescu im November 1989 den letzten Parteitag geleitet hatte. Nichts ist ewig; damit hatte der Steuermann recht.

Dan starb 1999. Er sagte immer, für 2000 sei er nicht bereit. Er starb im Krankenhaus. Innere Blutungen. Es war sein Geschwür. Das Geschwür ist eine Wunde. Am Tag vor seinem Tod gab ihm eine Schwester einen Zettel mit einer Nummer darauf; es war ihre Handynummer. Sie sagte, er solle sie anrufen, wenn er etwas brauche. Er nahm den Zettel, schaute sie an und sagte: »La donna è mobile.«

Sein Vetter, Herr Voicu, erbte seine Wohnung; er warf alles darin raus und verkaufte es. Was aus Pirat wurde, weiß ich nicht.

Im Wohnzimmer war ein gerahmtes Schwarz-Weiß-Foto: Deine Großmutter hat Deinen Vater auf dem Arm, als sie gerade die Entbindungsstation verlassen. Speck mit Paul. Sie sind auf einer belebten Straße vor dem Tor zur Geburtsklinik, und neben dem Tor ist ein großer Briefkasten. Speck trug die Haare kurz; sie war müde, doch in ihren Augen lag Hoffnung. Sie blickte in die Kameralinse, als wäre sie eine Glaskugel, die ihr Hoffnung gab.

3

Gestern habe ich mir einen Marshall Combo und eine Fender Stratocaster gekauft – Ahornhals, Eschenkorpus in durchsichtigem Finish, schwarzes Pickguard. Und heute habe ich »Sofa No. 2« gespielt und gesungen. Beim Singen versuchte ich, ein bisschen zu verzögern, aber es ging nicht, weil ich zu sehr auf die Akkorde achtete.

Jedenfalls hast Du hier das, was mir dazu eingefallen ist, alles handgeschrieben. Keine Overdubs, wie Zappa sagen würde. Es ist schon eine Weile her, seit ich so viel mit der Hand geschrieben habe. Ich hoffe, Du kannst meine Schrift lesen. Früher mal war ich in Schönschrift ganz gut, jedenfalls habe ich mich bemüht, so gut ich konnte.

Das Notizbuch stecke ich jetzt in einen Umschlag und bringe es zur Post. »Nach Los Angeles, Kalifornien, bitte.« Dann fahre ich zu der Geburtsklinik, und falls es dort am Tor noch einen Briefkasten gibt, stecke ich es da rein.

Victor, du bist ein Wunder. Ich bin auf Facebook gegangen in der Hoffnung, dass ein Mädchen, in das ich als Junge mal verliebt war, nach mir suchen würde, aber das hat es nicht. Eines Abends dann hast Du mich aus heiterem Himmel gebeten, Dein Freund zu werden. Ich wusste gar nicht, dass es Dich gibt. Es wird toll, Dich zu sehen, vorausgesetzt, Du willst es noch, nachdem Du das alles gelesen hast. Und wenn Oksana Dich bittet, zu Hause zu bleiben, dann hörst Du hoffentlich nicht auf sie. Manchmal finde ich, wir sollten nicht auf unsere Mütter hören. Ich bin neugierig darauf, alles über Dich zu erfahren. Du wirst reden, und ich werde zuhören. Das wird dann die Fortsetzung.